उजली आग

उजली आग

रामधारी सिंह 'दिनकर'

लोकभारती प्रकाशन

लोकभारती प्रकाशन
पहली मंजिल, दरबारी बिल्डिंग, महात्मा गांधी मार्ग
प्रयागराज-211 001

वेबसाइट : www.lokbhartiprakashan.com
ईमेल : info@lokbhartiprakashan.com

शाखाएँ : 1-बी, नेताजी सुभाष मार्ग, दरियागंज
नई दिल्ली-110 002
अशोक राजपथ, साइंस कॉलेज के सामने
पटना-800 006
1, अनमोल सोराबजी संतुक लेन, धोबी तलाव,
मरीन लाइंस, मुम्बई-400 002

पहला संस्करण : 1956
पुनर्नवा संस्करण : 2022
दूसरा संस्करण : 2024

मूल्य : ₹495

मुद्रक : बी.के. ऑफसेट
नवीन शाहदरा, दिल्ली-110 032

UJALI AAG
Tales by Ramdhari Singh 'Dinkar'

ISBN : 978-81-8031-416-2

भूमिका

मकड़ी ने मधुमक्खी से कहा, "हाँ, बहन! शहद बनाना तो ठीक है, लेकिन, इसमें तुम्हारी क्या बड़ाई है? बौरे हुए आम पर चढ़ो, तालाब में खिले हुए कमलों पर बैठो, काँटों से घिरी कलियों से भीख माँगो या फिर घास की पत्ती-पत्ती की खुशामद करती फिरो, तब कहीं एक बूँद तुम्हारे हाथ आती है। मगर, मुझे देखो, न कहीं जाना है, न आना। जब चाहती हूँ, जाली पर जाली बुन डालती हूँ। और मजा यह कि मुझे किसी से भी कुछ माँगना नहीं पड़ता। जो भी रचना करती हूँ, अपने दिमाग से करती हूँ। अपने भीतर संचित सम्पत्ति के बल पर करती हूँ। देखा है मुझे किसी ने किसी जुलाहे या मिलवाले से सूत माँगते?"

मधुमक्खी बोली, "सो तो ठीक है बहन! मगर, कभी यह भी सोचा है कि तुम्हारी जाली फिजूल की चीज है, जबकि मेरा बनाया हुआ मधु मीठा और पथ्य होता है?"

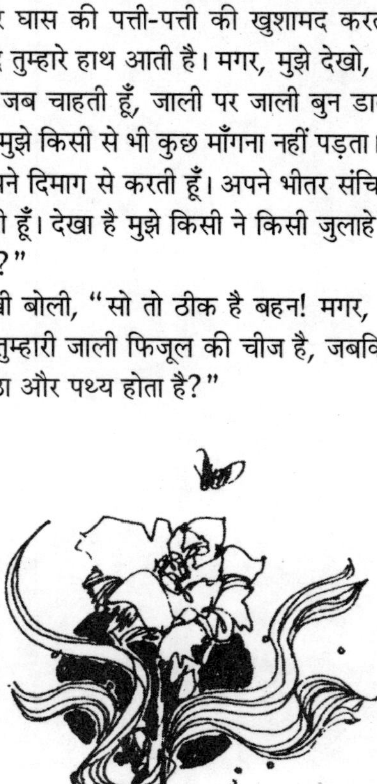

and every attempt
Is a wholly new start and a different kind of failure.

—T.S. Eliot

जो कुछ खुलता सामने, समस्या है केवल,
असली निदान पर जड़े वज्र के ताले हैं।
उत्तर शायद हो छिपा मूकता के भीतर,
हम तो प्रश्नों का रूप सजानेवाले हैं।

—नील कुसुम

क्रम

उजली आग

आदमी का देवत्व

सृष्टि के आरम्भिक दिनों की बात है। देवता तो कुछ-कुछ पुराने हो चले थे, किन्तु, आदमी बस अभी-अभी तैयार हुआ था, यहाँ तक कि उसके बदन की मिट्टी भी अभी ठीक से सूख न पाई थी। मगर, आदमी तो आरम्भ से ही आदमी था। उसने इधर-उधर नज़र दौड़ाई और देखा कि देवता छोटे हों या बड़े, उनकी इज़्ज़त खूब है। फिर उसने अपनी ओर देखा और वह सोचने लगा कि देवताओं से भला मैं किस बात में कम हूँ! और तब भी लोग मुझे महज आदमी समझते हैं और कहते हैं कि मैं देवता नहीं हूँ।

एक दिन जब ब्रह्मा को घेरकर सभी देवता बैठे हुए थे, आदमी भी वहाँ जा पहुँचा और सबके सामने उसने यह घोषणा कर दी कि मिट्टी का होने से मैं कुछ अपदार्थ नहीं हो गया। आज से आप लोग नोट कर लें कि किसी-न-किसी तरह का देवता मैं भी हूँ।

देवताओं ने आदमी की घोषणा बड़े ही ध्यान से सुनी और सोच-समझकर यह निर्णय दे दिया कि आदमी को देवता समझने में हमें कोई आपत्ति नहीं है।

मगर, आपत्ति उन्हें थी और यह निर्णय उन्होंने अपनी खुशी से नहीं दिया था। असल में, उन्हें मालूम था कि आदमी की रचना ब्रह्मा ने किन तत्त्वों से की है। वे स्वर्ग में यह भी सुन चुके थे कि ब्रह्मा जिस नये जीव की रचना कर रहे हैं, वह बड़ा ही उपद्रवी होगा। वह मिट्टी का होने पर भी समुद्र पर राज करेगा, बिना पाँख का होने पर भी आकाश में उड़ेगा और जो ताकतें पहाड़ और वन को हिलाती रहती हैं, धरती और जंगल को जलाती रहती हैं और

जिनकी चिंग्घाड़ से स्वर्ग भी काँपने लगता है, वे सब इसके कब्ज़े में रहेंगी। समुद्र में जो रत्न हैं, वन में जो फल और जीव हैं तथा धरती के भीतर जो धन है, उन सबका उपभोग इस नये प्राणी के लिए सुरक्षित रखा गया है। यही नहीं, बल्कि, देवता जिसे सूँघकर रह जाते हैं, उसे यह नया जीव हाथ से छू सकेगा, दाँतों से चबाकर अपने उदर में डाल सकेगा और इस प्रकार, जिन चीज़ों को देखकर देवता ललचाकर रह जाते हैं, वे चीज़ें आदमी के लोहू में समा जाएँगी, मन और बुद्धि में जा बसेंगी, साँस का सौरभ बन जाएँगी।

और, यद्यपि, यह मरनेवाला होगा, मगर, बड़े-बड़े अमर इसके भय से भागते फिरेंगे। नहीं तो एक दिन यह उन्हें पकड़कर चटकल में भरती कर सकता है।

देवताओं ने सोचा, अरे, तब तो यह हमारा भी गुरु निकलेगा!

देवता, आरम्भ से ही, आदमी से डरे हुए थे, इसलिए आदमी ने जब यह कहा कि एक तरह का देवता मैं भी हूँ, तब वे उसके इस दावे को झुठला नहीं सके। मगर, वे छिपे-छिपे इस घात में लगे रहे कि इस नये जीव को बेबस कैसे किया जाए।

निदान, यह निश्चित हुआ कि आदमी का देवत्व चुरा लिया जाए। और इस विचार के आते ही देवता खुशी से उछल पड़े। और सोए हुए आदमी का देवत्व चुराकर देवताओं ने उसे अपने पास कर लिया।

लेकिन, फिर तुरन्त उनका चेहरा उतर गया, क्योंकि एक देवता ने सवाल किया, "अगर आदमी इतना धूर्त और सयाना है, इतना प्रतापी और शक्तिशाली है, तो फिर उसका देवत्व चुराकर कहाँ रखा जाएगा? आकाश और पाताल, आदमी तो दोनों जगह घूमेगा। रह गई धरती, उस पर तो आदमी का रात-दिन का वास है। और अगर यह कहो कि कोई देवता उसे अपनी मुट्ठियों में बन्द किये रहे, तो हममें से ऐसा कौन है, जो इस नये जीव से दुश्मनी मोल ले? कहीं ऐसा न हो कि क्रोध में आकर आदमी स्वर्ग पर ही धावा बोल दे?"

देवताओं को उदास देखकर ब्रह्मा बोले, "अच्छा, लाओ, आदमी का देवत्व मेरे हाथ में दे दो।"

देवत्व ब्रह्मा के हाथ में आया, उन्होंने अपनी मुट्ठी बन्द की और फिर चीज़ उसमें से गायब हो गई। देवता दंग रह गए।

तब ब्रह्मा ने कहा, "चिन्ता न करो। मैंने आदमी के देवत्व को एक ऐसी जगह पर छिपा दिया है, जहाँ उसे खोजने की बात आदमी को कभी सूझेगी ही नहीं। मैंने यह प्रकाश स्वयं उसी के हृदय में छिपा दिया है।"

बीज बनने की राह

दो राही किसी गाँव से होकर जा रहे थे कि अचानक गाँव में आग लग गई और फूस के बने हुए घर धायँ-धायँ जलने लगे।

एक राही भागकर गाँव के बाहर एक पेड़ की छाया देखकर बैठ गया और बोला, "जला करें ये लोग। आखिर, वे बीड़ी क्यों पीते हैं? मैं आग बुझाने को नहीं जा सकता। यह मेरा काम नहीं है।"

मगर, दूसरा बहादुर था। उसने अपनी गठरी दोस्त के पास पटकी और दौड़कर आग में पिल पड़ा। आग बुझाने की कोशिश में उसके हाथ-पाँव जल गए और देह पर कई फफोले भी निकल आए, किन्तु तब भी उसने एक जान और कुछ असबाब को आग से बचा लिया।

उसके लौटकर आने पर छाया में सुस्तानेवाले राही ने कहा, "आखिर, जला लिये न अपने हाथ-पाँव? किसने तुझसे कहा था कि दूसरों के काम के लिए अपनी जान खतरे में डाला कर?"

बहादुर राही बोला, "उसी ने, जिसने यह कहा कि बीज बोते चलो, फसल अच्छी उगेगी।"

"और अगर आग में जलकर खाक हो जाता तो?"

"तब तो मैं स्वयं बीज बन जाता।"

धर्म लोगे, धर्म?

[1]

"धर्म लोगे, धर्म?"

मैंने किवाड़ खोलकर देखा, बगल की राह से पुरोहित जा रहा था। धर्म इसकी खेती है और पर्व-त्योहार फसल काटने के अच्छे मुहूर्त। मैंने कहा, "पुरोहित, मेरे घर तेरी फसल नहीं उपजी है।" और किवाड़ मैंने बन्द कर लिया।

[2]

"धर्म लोगे, धर्म?"

मैंने किवाड़ खोलकर देखा, बगल की राह से पंडा जा रहा था। धर्म इसकी ठेकेदारी और देवता इसका इंजीनियर है, और जैसे इंजीनियर की कृपा से ठेकेदार मालामाल हो जाता है, उसी तरह देवता के मेल से पंडे को मालपूए खूब मिलते हैं। मैंने कहा, "पंडा, मुझे पुल बनवाना नहीं है।" और किवाड़ मैंने बन्द कर लिया।

[3]

"धर्म लोगे, धर्म?"

मैंने किवाड़ खोलकर देखा, बगल की राह से उपदेशक जा रहा था। धर्म

इसकी मशाल है, जिसे वह सिर्फ दूसरों के लिए जलाता है और यह वह नाई है, जो मशाल अपनी रोज़ी के लिए जलाता है, जिससे बरात के लोग अपना रास्ता पा सकें। मैंने कहा, "नाऊ, मुझे आज कहीं नहीं जाना है।" और किवाड़ मैंने बन्द कर लिया।

[4]

"धर्म लोगे, धर्म?"

मैंने किवाड़ खोलकर देखा, बगल की राह से एक अमीर जा रहा था। धर्म इसका छाता है, जिसे इसने मार्क्सवादी ओलों की बौछार से बचने को तान रखा है। मैंने कहा, "अमीर, मेरे पास बचाने की कोई चीज़ नहीं है।" और किवाड़ मैंने बन्द कर लिया।

और शाम को जब मैं घर से निकला, तब देखा कि गाँव का आठ वर्ष का छोटा बच्चा रामू खेत की मेड़ पर बैठा किसी विचार में लीन है। मैंने पूछा, "अरे रामू, यहाँ बैठा-बैठा क्या सोच रहा है?"

रामू बोला, "सोच रहा हूँ कि ईश्वर एक ही है, यह आदमी के लिए काफी कठिनाई की बात है। अब तुम्हीं सोचो दादा, कि दो ईश्वर होते, तो आदमी को थोड़ी सहूलियत ज़रूर हो जाती। मसलन, अगर यह ईश्वर रूठ गया, तो उस ईश्वर के यहाँ चले गए और वह ईश्वर रूठ गया, तो इस ईश्वर के यहाँ चले आए। मगर, ईश्वर एक ही है, इसलिए, हमें बहुत सँभल-सँभलकर चलना होगा।"

मैंने बच्चे को गोद में उठा लिया और कहा कि "प्यारे, काश, अपनी शंका और बेचैनी तू मेरे दिल में उँड़ेल पाता।"

गुफावासी

मेरे हृदय के भीतर एक गुफा है और वह गुफा सूनी नहीं रहती। आरम्भ से ही देखता आ रहा हूँ कि उसमें एक व्यक्ति रहता है, जो बिलकुल मेरे ही समान है।

और जब मैं उसके सामने जाता हूँ, मेरी अक्ल गायब हो जाती है और मैं उसे यह कहकर बहला नहीं सकता कि मैंने छिपकर कोई पाप नहीं किया है और जो मलिन बातें हैं, उनके लिए मुझमें लोभ नहीं जागा है।

और इस गुफावासी के सामने जाते ही ऐसा भान होने लगता है, मानो, मेरा बदन चमड़ी नहीं, शीशे से ढँका हो और वह शीशे के भीतर की सारी चीज़ों को देख रहा हो!

और वह हाथ उठाकर कोई दंड नहीं देता, फिर भी, मेरी रगें दुखने लगती हैं और प्राण बेचैन हो जाते हैं।

और मैं कभी यह भी नहीं कह पाता कि यह काम मैंने तुम्हारी सहमति से किया है, क्योंकि उसके सामने होते ही मेरी सभी इन्द्रियाँ मेरे खिलाफ हो जाती हैं और वे इस गुफावासी की ओर से गवाही देने लगती हैं।

और एक दिन इस गुफावासी ने मुझे कहा कि देख, ऐसा नहीं है कि तू कोई और, और मैं कोई और हूँ।

मैं तेरी वह मूर्ति हूँ, जो स्फटिक से बनाई गई थी। किन्तु, तू जो-जो सोचता है, उसकी छाया मुझ पर पड़ती जाती है। तू जो-जो करता है, उसका क्षरित रस मुझ पर जमता जाता है। और जन्म-जन्मान्तर में रस के इस क्षरण से और विचारों की इस छाया से मुझ पर परतें जम गई हैं।

इसलिए, अब ऐसा कर कि नई परतें जमने न पाएँ और पुरानी परतें भी

छूट जाएँ। क्योंकि स्वर्ग और नरक भले ही न हों, किन्तु जन्म-जन्मान्तर की यह यात्रा स्वयं भारी विपत्ति है और परतों के बोझ को लेकर एक जन्म से दूसरे जन्म तक उड़ने में काफी मशक्कत पड़ जाती है।

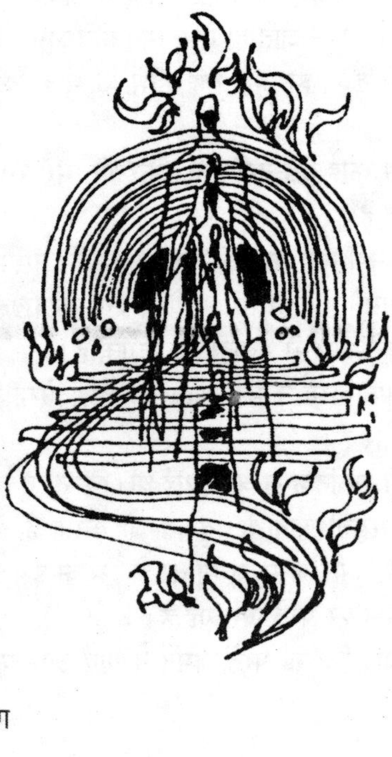

दो ध्रुव

एक दिन महात्मा ईसा मसीह कहीं जा रहे थे कि उन्होंने देखा, उनके एक शिष्य का बाप मर गया है और वह उसकी लाश को रो-रोकर दफना रहा है। गुरु को देखकर वह दौड़कर आया तो, मगर आस्तीन चूमकर फिर तुरन्त कब्र की ओर वापस चला गया।

गुरु को यह बात अच्छी नहीं लगी, इसलिए शिष्य को सचेत करते हुए उन्होंने कहा, "जो मर गया, वह भूत का साथी हो गया। लाश के साथ लिपटकर तू क्यों वर्तमान से दूर होता है? यह समय बहुत लम्बा है और इसने बहुत-सी लाशों को जतन से दफना रखा है। तेरे बाप की लाश उसके लिए कुछ बहुत भारी नहीं पड़ेगी। भूत की खबर अब भूत को लेने दे और तू सीधे मेरे साथ चल।"

शिष्य लाश को छोड़कर गुरु के साथ हो गया।

अजब संयोग कि थोड़ी दूर चलने पर ईसा का दूसरा शिष्य भी उन्हें इसी अवस्था में मिला। उसका भी बाप मर गया था और वह भी अपने बाप की लाश को दफना रहा था किन्तु, गुरु पर उसकी ज्योंही दृष्टि पड़ी, वह कब्रिस्तान से भागकर उनके पास आ गया और उनके साथ चलने का हठ करने लगा। परन्तु गुरु ने उससे हँसते हुए कहा, "ऐसी भी क्या जल्दी है? लाश को दफना कर आओ। मैं आगेवाले गाँव में ठहरनेवाला हूँ।"

एक ही अवस्था में दो प्रकार के उपदेश सुनकर ईसा के शिष्य मैथ्यू कुछ घबराए और उन्होंने महात्मा ईसा से इसका कारण जानना चाहा।

ईसा बोले, "जीवन की धारा किसी एक घाट में बाँधी नहीं जा सकती।

उपदेश जब यह कहता है कि मैं आ गया, अब दूसरे को मत आने दो, तब वह लोहे की शृंखला बन जाता है और आदमी का सच्चा बंधन लोहे की कड़ी नहीं, रेशम का तार है।

"और मैथ्यू, मैं जो कुछ बोलता हूँ, वह मेरी ही आवाज़ है, चाहे वह मेरे भीतर के उत्तरी ध्रुव से आती हो या दक्षिणी ध्रुव से। आत्माओं की भी अलग-अलग ऋतुएँ होती हैं और जिस ऋतु में उन्हें जिस चोटी पर की आवाज़ सुनाई पड़ती है, उस ऋतु में मैं उसी चोटी पर से बोलता हूँ।

"इसलिए, मैथ्यू, जो राग में फँसा है, उसे विराग सिखलाओ। किन्तु जो वैरागी हो चुका है, उसे रागों से अलग रहने का उपदेश तो निरर्थक उपदेश है।"

अफसर और पैग़म्बर

एक अफसर ने एक पैग़म्बर से पूछा, यह जो ज़माने से सुनता आ रहा हूँ कि जीवन का एक-एक क्षण संघर्ष है, सो इसके मानी क्या होते हैं? अब यही देखिए कि आज भोर से मैंने अपने जीवन में कहीं कोई संघर्ष नहीं देखा। प्रात:काल उठा, हजामत बनाई, नहाया-धोया, अखबार पढ़ा, फिर खाना खाया और अब दफ्तर से काम करके वापस जा रहा हूँ। सुबह से शाम हो गई, किन्तु संघर्ष तो कभी आया ही नहीं।"

पैग़म्बर ज़रा हँसा। फिर कहने लगा, "संघर्ष देखने को भी आँखें चाहिए। लड़ाई को वही समझ सकता है, जिसमें लड़ने की थोड़ी-बहुत योग्यता होती है। और तुम-जैसे लोग, जो लड़ना नहीं जानते, उन्हें लड़ाई दिखाई भी नहीं देती। और, जिन्हें लड़ाई दिखाई नहीं देती, जीतनेवाले नहीं, हारनेवाले होते हैं।

"और आज तुम कई लड़ाइयाँ हार चुके हो। और चूँकि जीत की तुम्हें फिक्र नहीं है, इसलिए, हारकर भी तुम हार को पहचान नहीं पाते।

"उदारहण के लिए, आज भोर में जब तुम्हें सेज पर की चाय मिलने में देर हुई, तब तुम, पौ फटते ही, नौकर पर बरस पड़े। यह तुम्हारी पहली पराजय थी।

"और स्नानागार में साबुन की बट्टी ज़रा ज़ोर से चिपककर बन्द हो गई थी और तुमने उसे पटककर तोड़ दिया। यह तुम्हारी दूसरी हार थी।

"और रास्ते में तुम्हारी मोटर के सामने एक आदमी आ गया। तुमने मोटर को रोक ली, लेकिन, उस आदमी को काफी भला-बुरा कहा। वह तुम्हारी

उजला हाथी और गेहूँ के खेत

एक किसान के दो बेटे थे : एक बाल-बच्चोंवाला और दूसरा कुँवारा। मरने से पहले किसान ने अपनी जायदाद दोनों बेटों में बाँट दी और जब वह मरा, उसके मन में यह सन्तोष था कि भाइयों के बीच कोई झगड़ा नहीं होगा।

दोनों भाई मेहनती थे और दोनों ईमानदार तथा दोनों के मन में यह भाव गठा हुआ था कि मैं चाहे जैसे भी रहूँ, मगर भाई को आराम मिलना चाहिए।

दोनों भाइयों ने रबी की फसल खूब डटकर उपजाई और बैसाख में दोनों के खलिहान गेहूँ के बोझों से भर गए।

तब एक रात छोटे भाई ने सोते-सोते सोचा, 'मैं भी कैसा निष्ठुर हूँ? मेरे आगे-पीछे कौन है कि इतना गेहूँ घर ले जाऊँ? हाँ, भाई के बाल-बच्चे बहुत हैं। अच्छा हो कि मैं अपने खलिहान से कुछ बोझे उनके खलिहान में रख आऊँ।'

इतना सोचना था कि कुँवारा भाई उठा और अपने खलिहान से बीस बोझे उठाकर उसने भाई के खलिहान में डाल दिये और वह फिर घर आकर सो गया।

और नींद में उसने सपना देखा, दोनों ओर गेहूँ के लहलहाते खेत हैं और वह उनके बीच उजले हाथी पर चढ़कर घूम रहा है।

और ठीक यही बात बड़े भाई के मन में भी उठी। उसने सोचा, 'मैं भी कितना स्वार्थी हूँ? अरे, मेरे तो बाल-बच्चे हैं। भगवान ने चाहा तो जब वे जवान होंगे, तब मुझे बैठे-बिठाए दो रोटियाँ मिल जाया करेंगी। मगर, मेरा छोटा भाई! हाय, उसका तो कोई नहीं है! क्यों न अपने खलिहान से कुछ बोझे उठाकर मैं उसके खलिहान में दे आऊँ! अन्न बेचकर दस पैसे अगर वह जमा कर लेगा,

तो बुढ़ापे में उसके काम आएँगे।'

और वह भी दौड़ा-दौड़ा खलिहान में पहुँचा और अपने ढेर में से बीस बोझे उठाकर उसने छोटे भाई के खलिहान में मिला दिये। और घर आकर वह खुशी-खुशी सो गया।

और सोते-सोते उसने सपना देखा कि दोनों ओर गेहूँ के लहलहाते खेत हैं और वह उजले हाथी पर बैठकर खेतों की सैर कर रहा है।

और भोर में उठकर छोटा भाई अपने खलिहान पहुँचा, तो यह देखकर दंग रह गया कि उसके बोझों में से बीस कम नहीं हुए हैं।

और भोर में उठकर बड़ा भाई खलिहान पहुँचा, तब वह भी यह देखकर दंग रह गया कि उसके बोझों में से बीस कम नहीं हुए हैं।

निदान, रात में फिर दोनों भाइयों ने, चोरी-चोरी, अपने बोझे भाई के खलिहान में पहुँचा दिये। और दोनों ने फिर रात में उजले हाथी पर चढ़कर गेहूँ के खेत में घूमने का सपना देखा और दोनों भोर में खलिहान को ज्यों-का-त्यों देखकर फिर दंग रह गए।

यह खेल कई रात चला। आखिर, एक रात दोनों चोर जब अपने-अपने खलिहान के बोझ उठाए भाई के खलिहान की ओर जा रहे थे, दोनों एक-दूसरे से टकरा गए और दोनों ने बोझे फेंककर एक-दूसरे को कसकर पकड़ लिया और दोनों आनन्द के मारे रोने लगे।

खलिहान में बोझों की संख्या क्यों नहीं घटती थी, यह रहस्य एक क्षण में खुल गया और इसमें कोई सन्देह नहीं कि यह आनन्द आँसुओं में ही बोल सकता था।

उनके आँसुओं की जो बूँदें पृथ्वी पर गिरीं, उनसे नीचे पड़ा हुआ पीपल का एक बीज भीग गया और उसमें अंकुर निकल आया।

अब उस खलिहान की जगह पर पीपल का एक बड़ा वृक्ष लहराता है। और जो भी राही उसके नीचे सुस्ताकर सो जाता है, वह सपना देखता है कि दोनों ओर गेहूँ के लहलहाते खेत हैं और वह उनके बीच उजले हाथी पर चढ़कर घूम रहा है।

रहस्यवादी

इस गए-बीते ज़माने में भी रहस्यवादी जन्म लेते ही रहते हैं। रोशनी की बाढ़ से सारी दुनिया परेशान है, तब भी ऐसी आत्माएँ हैं, जो गोधूलि में लिपटी आती हैं और चाँदनी ओढ़कर विदा हो जाती हैं।

ऐसी ही एक आत्मा उस मन्दिर के पिछवाड़े निवास करती थी, जहाँ हम लोग प्रार्थना का पाँच-मिनटी नाटक करने जाया करते थे।

और जब तक लोग प्रार्थना करते, वह साधु धरती पर लकीरें खींचता रहता और जब लोग घड़ियाल बजाते, वह दीवार से उठँग कर सो जाता और जब आसपास की दुनिया खाली हो जाती, वह चाँदनी में बैठकर अपनी गहराइयों से बातें करता।

और आकाश की ओर देखते-देखते उसकी आँखों से आँसू बहने लगते और नदी में नहाते-नहाते उसे समाधि लग जाती।

और लोग कहते, यह बौद्धिक पागल है; इसका इलाज यह है कि इसकी शादी कर दो। फिर तो इसका सारा प्रेम ऐसा जमेगा कि हर साल यह एक बच्चे का बाप बनता चला जाएगा।

और सूफी कहता, यह बात कुछ-कुछ ठीक है। मगर, मेरा ब्याह, शायद हो चुका है और मैं पर्वत और पानी में अपनी दुलहिन को ही ढूँढ़ रहा हूँ। राम ने सीता को वनवास दिया था न? मेरी दुलहिन ने मुझे ही घर से निकाल दिया है और मैं उसी की निशानी खोज रहा हूँ।

मगर, मैं साधु का मज़ाक नहीं उड़ाता। मुझे लगता, यह आदमी पागल हो सकता है; लेकिन इसकी नज़र कहीं दूर पर है और वह किसी आश्चर्य में

खोई हुई है।

आखिर एक दिन एकान्त पाकर मैंने उससे पूछा, "बाबा, एक बात बताओगे? मेरा खयाल है, तुम किसी आश्चर्य में खोए रहते हो। सो, वह क्या चीज़ है, जिसे देखकर तुम्हें अचरज होता है?"

साधु बोला, "अरे, कहता क्या है? सामने इतनी बड़ी अनन्तता खुली हुई है और न उसका इधर का छोर पकड़ाई देता है, न उधर का। यह अचरज की बात नहीं है?

"और सोचा भी है कि यह समय कितना लम्बा है? जब सृष्टि नहीं थी, समय तब भी मौजूद था और तब भी रहेगा, जब यह सृष्टि खत्म हो जाएगी।

"किसी-न-किसी तरह रंध्र में प्रवेश करके उस अवस्था को पकड़ना चाहता हूँ, जब समय का अस्तित्व नहीं रहा होगा। मगर वह अवस्था अपनी गोद में मुझे बैठने नहीं देती, जैसे माँ अपने बच्चे को गोद में ज़रा-सा उठाकर फिर नीचे उतार दे।

"और काले मेघ के किनारे-किनारे जब रोशनी की लकीर उगती है, मुझे लगता है, शायद मेरी दुलहिन अब अंधकार से बाहर आएगी। देखता रहता हूँ कि पूरी साड़ी कब दिखाई देती है, मगर पूरी साड़ी कभी दिखाई नहीं देती।

"और लगता है कि ये जो अनन्तता है, वह मेरे सामने परदे की तरह झूल रही है और इसके पीछे एक दोस्त रहता है, जो मेरा सबसे प्यारा दोस्त है। और यह परदा उठता नहीं। यह अचरज की बात नहीं है?

"दर्पण का एक ही पहलू तो देखा है। उलटकर जानना चाहता हूँ कि इसके दूसरी ओर क्या है। मगर जान नहीं पाता।

"और तू तो अंग्रेज़ी पढ़ा-लिखा बाबू है न? मगर, आ, तेरे कान में एक भेद धर दूँ कि चीजें वहीं खत्म नहीं हो जातीं, जहाँ बुद्धि हाँफकर बैठ जाती है।

"दृश्य के परे एक और वास्तविकता है, जो अदृश्य है और इस अदृश्य वास्तविकता को छूने की कोशिश में आदमी पहली कुर्बानी अपनी अक्ल की देता है।

"और जब-जब लोग मुझे पागल कहते हैं, मैं खुशी से नाच उठता हूँ कि मेरी पहली कुर्बानी पूरी हो गई, जिसका सारी दुनिया गवाह है।"

साधु ने इतना कहा ही था कि पश्चिम की ओर आकाश में पहला तारा दिखाई पड़ा और साधु की आँखें उधर को ही जा लगीं।

वह अपनी दुलहिन का कर्ण-फूल पहचानने में इतना मस्त हुआ कि मेरे वहाँ से चल देने की उसे आहट भी महसूस नहीं हुई।

जीवन का बोझ

एक कमज़ोर और बूढ़ा आदमी लकड़ियों का एक बड़ा बोझ उठाए जेठ की धूप में हाँफता हुआ जा रहा था। चल तो वह काफी देर से रहा था, मगर घर पहुँचने में, फिर भी काफ़ी देर थी। निदान वह घबरा गया तथा गर्मी और बोझ के मारे उसके मन में वैराग्य जगने लगा।

उसने सोचा, 'खाएगा सारा परिवार और खटना मुझे अकेले पड़ता है। और सारी ज़िन्दगी खटते-खटते घिसकर बूढ़ा हो गया और तब भी आराम नहीं। शायद लोग यह समझते हैं कि दुनिया में वे तो सैर को आए हैं और मेला देखकर जल्दी ही लौट जाएँगे; बस, एक मैं हूँ, जिसने इस धरती का ठेका ले रखा है और जो कभी मरेगा नहीं। मैं आतिथेय हूँ, बाकी सब-के-सब अतिथि हैं, इसलिए मुझे खटने और उन्हें गुलछर्रे उड़ाने का अधिकार है। भला यह भी कहीं चल सकता है?'

सोचते-सोचते वैराग्य का पारा ज़रा और ऊँचा चढ़ा और बुड्ढे ने सड़क से उतरकर एक पेड़ के नीचे गट्ठर पटक दिया और वह बड़े ही आर्त्त स्वर में पुकार उठा, "हे मृत्यु के देवता! कहाँ छिपे हो? आओ और इस अदना मज़दूर को अपनी शरण में ले लो!"

आवाज़ यमराज के कान में पड़ी और उन्होंने दयाद्रवित होकर एक दूत को फौरन ही भेज दिया।

मृत्यु के दूत ने बुड्ढे से कहा, "कहो, क्या कहना है? तुम्हारी पुकार पर यमराज ने मुझे तुम्हारी सहायता करने को भेजा है।"

यमदूत को देखते ही बुड्ढे की सिट्टी-पिट्टी भूल गई। बोला, "कुछ नहीं,

यही कि ज़रा यह गट्ठर उठाकर मेरे माथे पर धर दीजिए।"

यमराज के दूत ने लकड़ियों का बोझ उठाकर उसके माथे पर धर दिया और बुड्ढा फिर धूप में हाँफता हुआ चलने लगा।

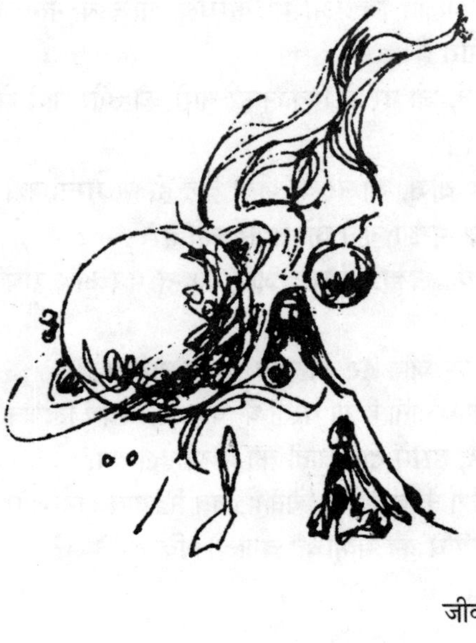

नर-नारी

मैं पुरुष हूँ, तुम नारी हो;

हमारी समस्या का क्या समाधान है?

"आनन्द! मैंने जो धर्म चलाया था, वह पाँच सहस्र वर्ष तक चलनेवाला था, किन्तु अब वह केवल पाँच सौ वर्ष चलेगा, क्योंकि नारियों को मैंने भिक्षुणी होने का अधिकार दे दिया है।"

सिर मुँडा देने से नारी का नारीत्व लुप्त नहीं होता।

कपड़े रँगवा लेने से मन का रंग नहीं बदलता।

रेती के ऊपर कालीन बिछाओ या कम्बल, नीचे बहनेवाली फल्गु की धारा फल्गु की ही धारा है।

क्या है वह चीज़, जो नर से निकलकर नारी को और नारी से निकलकर नर को छूना चाहती है?

और क्या है वह चीज़, जो नर के भीतर कैद होकर मरना नहीं चाहती, जो नारी के भीतर बँधकर मुरझा जाने को तैयार नहीं है?

मार और बुद्ध की लड़ाई में बुद्ध जीते, किन्तु मार और संघों की लड़ाई में मार जीत गया।

किन्तु मार की यह जीत नर की जीत थी या नारी की?

बादल को धरती बुलाती है या धरती के पास वह स्वयं खिंचकर आता है?

दीपक जलता है, इसमें दोष बाती का है या तेल का?

ग्रह जब आकर्षण के वृत्त में पहुँचते हैं, तब खिंचाव दोनों ओर से होता है।

आकर्षण की परिधि को सकुंचित बनाओ। किन्तु, कैसे?

मन की आग को मन में ही बाँध रखो। किन्तु, किस प्रकार?

भाग रे, भाग फक्कीर के बालके, कामिनी-कांचन-बाघ लागा,
दास पलटू कहै, बचेगा सोई जो साधु के संग दिन-रात जागा।

शास्ता! उतने उज्ज्वल धर्म को क्या नारी खा गई?
मैं पुरुष हूँ, तुम नारी हो;
हमारी समस्या का क्या समाधान है?

[2]

और, ऋषि! तपस्या से नूतन सृष्टि रचने की शक्ति तो तुम्हें बाद में मिली, पहले तो उससे मेनका ही मिली थी।

नारी की सुषमा तपस्या का प्रसाद है।

वह स्पर्श भी तपस्या का फल है, जिसके लगते ही त्वचा सिहरकर पुष्पित लता बन जाती है।

यदि तुम तपस्वी न हुए होते, तो मेनका तुम्हें नहीं मिलती।

तुम अगर सृष्टि की रचना करने में समर्थ हुए, क्योंकि तपस्या की आग में तुम्हारी सारी सरसता नहीं जली थी, मन के निभृत कुंज में कहीं वह प्रस्त्रवण शेष था, जिससे मनुष्य प्रेम करने की योग्यता प्राप्त करना है, जिससे पुरुष नारी से यह कहने का साहस पाता है कि तुम रूपवती हो।

किन्तु, तुम्हारी रची हुई सृष्टि निन्दित हो गई, क्योंकि तपस्या ने तुम्हें इतना रिक्त तो बना ही डाला था कि अपनी विन्दुजा कन्या को अटवी में छोड़कर भाग चलो।

फिर भी, तपस्या की अपेक्षा तुम्हारा प्रेम अधिक सार्थक निकला। त्रिशंकु कहाँ है, यह कोई नहीं जानता, किन्तु शकुंतला से भरत और भरत से यह भारत देश, तुम्हारे प्रेम की पताका के समान लहरा रहा है।

तपस्या और प्रेम, इनमें क्या, सचमुच ही, कोई मेल नहीं है?

दृष्टि से त्वचा तक और आँख से कल्पना तक काम के अनेक रँगीले सोपान हैं और हर सोपना ऐसा है, जिस पर से पाँव उठना नहीं चाहते।

तो कौन सोपान तपस्या का और कौन सोपान प्रेम का है? कौन सोपान धर्म का और कौन सोपान अधर्म का है?

नारी नर को सींचना चाहती है और नर नारी को। क्या जल की यह धारा आग में जला देने के योग्य है?

नर नारी से और नारी नर से दूर भागे, यह चेतावनी किस भय के विरुद्ध है?

देह से मन और मन से देह को अलग क्यों करते हो?

मन के सपनों से शरीर में रोमांच होता है और स्पर्श के सुख से भी मन असीम गहराई में डूब जाता है।

मन की पवित्र कंथा को शरीर पर भी छाने दो। मिट्टी की परिणति आकाश में और शरीर का विलयन मन में होता है।

उँगलियाँ स्वर्ग की वर्त्तिकाएँ हैं, जिनके स्पर्श से त्वचा प्रकाशित होती है और अधरों पर अंकित होनेवाले चुम्बन अनन्त के चरणों पर भी अंकित होते हैं।

मेरे हृदय में पीपल का एक वृक्ष उगा है। ओ मेरी कोयल! तू उसके पत्तों में बैठकर कूक।

मेरे भीतर एक छोटा-सा बैकुंठ उतरा है। सखी! आ, हम दोनों पूजा और ध्यान करें।

परन्तु, हाय री विवशते! ध्यान में कृष्ण को पीछे ढकेलकर यह कौन राधा आगे आ गई?

परन्तु, हाय री विवशते! ध्यान में प्रकृति को पीछे करके यह कौन पुरुष सामने खड़ा हो गया?

मैं पुरुष हूँ, तुम नारी हो;
हमारी समस्या का क्या समाधान है?

[3]

नारी तो हमहूँ करी, तब ना किया विचार,
जब जानी तब परिहरी, नारी महा विकार।

यह पानी पीकर कूप को गन्दा बताना है।
यह रस लेकर नीबू को फेंक देना है।
कबीर साहब! आपने तो समस्या को और भी उलझा दिया।

नारी सत्, चित् और आनन्द में से आनन्द का प्रतीक है और उसमें आनन्द के स्तर अनेक हैं।

पृथ्वीवालों के भाग्य से पृथ्वी पर आई हुई अद्‌भुत वीणा, जिसमें मोटे और पतले, दोनों ही प्रकार के तार हैं।

देवता महीन तारों पर उँगली फेरते हैं और मनुष्य मोटे तारों से खेलता है।

तो मोटे तार से महीन तार पर पहुँचना, यह देह की मंज़िल पार करके मन के पास जाना है। इसमें विकार की क्या बात है?

और जब आदमी मोटे तारों को छोड़कर महीन तार बजाने लगता है, तब वह स्वयं नारी बन जाता है।

ये अखियाँ अलसानी, पिय, अब सेज चलो।
सब रग ताँत, रबाब तन, बिरह बजावै नित्त,
और न कोई सुनि सकै, कै साईं कै चित्त।

तो ओ मेरी वीणे! यदि मैं मोटे तारों को छोड़कर महीन तार बजाने लगूँ, तो इसमें तेरा कोई अनादर तो नहीं है?

फूल केवल पृथ्वी का ही रस नहीं लेते, वे प्रशंसक लोचनों का मधु भी पीते हैं और दक्षिणी पवन का स्पर्श भी चाहते हैं।

कौन कहता है, समुद्र को सामने लहराने दे और तू किनारे पर खड़ा-खड़ा तरंगों की शोभा का पान कर?

कौन कह गया है,

तोयद अनेक ऐसे दरसैं दुनी में जौन बरसैं कबौं ना, पर, उमस भरे रहैं।

मेघ जब नहीं बरसते, वे वाष्प बनकर बिखर जाते हैं।

और धरती जब नहीं भीगती, वह ऊसर हो जाती है और उसके भीतर से नागफनी के काँटे प्रकट होने लगते हैं।

सागर-तट पर पाँव को बाँधे खड़े-खड़े काँपना, नहीं, यह धर्म नहीं है।

विक्षिप्त बनकर आकाश में गरजते फिरना, नहीं, यह पृथ्वी के प्रति भी अन्याय है।

तन को तो मैंने समुद्र के तट पर बाँध दिया, किन्तु, मन को बाँधनेवाला तार कहाँ है?

मेरे मेघ वाष्प बनकर ऊपर उठ रहे हैं, किन्तु, वाष्प की विकलता का

प्रसार कहाँ विलीन होगा?

मैं पुरुष हूँ, तुम नारी हो;

हमारी समस्या का क्या समाधान है?

[4]

तू मुझे सिक्त आँखों से देखती है, तब मैं निहाल हो उठता हूँ, जैसे पहली वर्षा से भींगकर ऊसर ज़मीन निहाल हो जाती है।

तू मुझे देखती है, तब मैं हरियाली से भर जाता हूँ।

तू मुझे देखती है, तब मेरे रोम-रोम में फूल खिलने लगते हैं।

तू मुझे देखती है, तब पेड़ के पत्ते निकल आते हैं और बसन्त मुझे चारों ओर से घेरकर खड़ा हो जाता है।

मेरी कविता में जो रस है, कौन जाने, उसका कितना अंश उन अदृश्यों झरनों से आया है, जो तेरी भरी-भरी आँखों से फूटते हैं।

बच्चे की तन्दुरुस्ती क्या, बिना कमाई के, दूध से बनी रहती है?

दूध से अधिक बलवर्द्धक तो वह अमृत है, जो बच्चे को देखनेवाले लोचनों में झरता है।

जिसकी भी दृष्टि में आमन्त्रण का राग है, उसे मैं संजीवनी-लता कहता हूँ।

जिसकी भी दृष्टि प्रसन्न होकर मुझपर ठहर गई, उसने मृत्यु से मुझे दो इंच और दूर कर दिया।

जिसने भी एक क्षण को मुझे प्रेम से देखा, उसने आयु के घट में दो बूँदें और बढ़ा दीं।

मैंने नारी का नरक नहीं, स्वर्ग जाना है।

विस्मृति के जिस सुधा-सिन्धु में तुम्हें कविता और दर्शन पहुँचाते हैं, वहाँ मैं नारी के प्रेम की नाव पर चढ़कर गया हुआ हूँ।

रूप साकार कवित्व है।

और सौन्दर्य की लहर दर्शन की लहर से मिलती-जुलती है।

नारी मुस्कुराती है, तब पृथ्वी पर स्वर्ग का दरवाजा खुल जाता है।

नारी जब बाँह बढ़ाती है, तब दृश्य और अदृश्य के बीच सेतु बन जाता है।

सच होगी यह कहानी कि जब नारी ने श्मशान में खड़ी होकर अपनी

मुस्कुराहट बिखेर दी, मुरदे सुगबुगाने लगे और कंकालों पर त्वचाएँ उगने लगीं, जैसे पतझर में हरियाली दौड़ रही हो!

मन में कल्पना का जहाँ भी कोई कक्ष है, उसके दरवाज़े पर एक नारी खड़ी है।

जीवन में रस की जहाँ भी कोई धारा बहती है, उसके उत्स पर किसी रमणी के लाल-लाल पाँव हैं।

ध्यान के निभृत निकुंज को अपनी मुसकानों से दीप्त करनेवाली प्रतिमाओ! तुम कब तक मुस्कुराती रहोगी?

स्मृति की डगर पर घूमनेवाली ज्योतिर्मयी अप्सरियो! तुम आमन्त्रण-भरी दृष्टि से कब तक मुझे हेरती रहोगी?

मन के तार-तार कच्चे धागे से बँधे हुए हैं, जो टूटना नहीं जानते।

स्मृति की खिड़की-खिड़की पर कोई मोहिनी मुझे भीतर आने का संकेत दे रही है।

जीवन की साँस-साँस में कोई खुशबू है, जो इस घर से मुझे निकलने नहीं देती।

नन्द! फूलों की दुनिया से निकलने में क्या, सचमुच, बहुत पीड़ा होती है?

और नन्द! फूलों की दुनिया से निकलकर तथागत ने तुझे किस दुनिया में पहुँचा दिया था?

परन्तु, हाय हमारे भाग्य! न जाने, हमारा तथागत कब हमारे पास आएगा।

किन्तु, तथागत कभी भी निष्ठुर नहीं होता। अब वह आता ही होगा। वह देखो, सूर्य पश्चिमी की ओर नीचे उतर रहा है और फूलों की कंथाओं में से गैरिक रंग झाँकने लगे हैं।

तो तथागत के स्वागत की तैयारी में आओ प्रिये! हम अपने बन्धन खोलकर अलग-अग खड़े हो जाएँ।

और जहाँ भी स्मृति की खिड़की खुली हो, आओ, हम वहाँ तुलसी-वृक्ष का एक गमला सजा दें।

और जैसे गलबाहीं डालकर एक नक्षत्र की ओर देखते-देखते हम सारी रात बिता देते थे, वैसे ही, अब एक मूर्ति के सामने मस्तक झुकाकर हम बाकी जीवन समाप्त कर दें।

हम एक-दूसरे के पूरक नहीं, दोनों अपनी-अपनी राह पर हैं।

संगम समाप्त हो गया। अब विरह के चौड़े घाट आरम्भ होते हैं।
मैं पुरुष हूँ, तुम नारी हो;
हमारी समस्या का समाधान मिलन नहीं, बिछोह है।

माया की रचना

कहते हैं, ब्रह्मा जब हौवा की सृष्टि करने लगे, तब उन्होंने सोए हुए आदमी की छाती में से बाईं ओर की एक छोटी-सी हड्डी चुरा ली और इसी हड्डी की नींव पर औरत की सारी शक्ल तैयार हुई। यही कारण है कि औरत को देखते ही मर्द की छाती, बाईं ओर को ज़रा धड़कने लगती है और यही कारण है कि औरत को मर्द अपने हृदय से लगाना चाहता है और औरत मर्द के कलेजे में समा जाना चाहती है। हड्डी जहाँ से निकली है, फिर वहीं वापस जाने को बेचैन है।

किन्तु कुछ दूसरे लोग हैं, जो इस कहानी को नहीं मानते। उनका कहना है कि नहीं, औरत ऐसे नहीं बनी। औरत उम्र में मर्द से भी छोटी है और संसार की अन्य सुन्दरताओं से भी। इसीलिए वह अब तक भी गीली और रंगीन है, मानो वृन्त पर हिमकण से भींगा कोई गुलाब हो! मानो कोई ऐसी नदी हो, जिसमें झरनों का पानी पहाड़ से अभी तुरन्त आया है! मानो कोई चाँद हो, जो ब्रह्मा के चाक से अभी-अभी उतरा है!

बात यह हुई कि ब्रह्मा जब सब कुछ बना चुके, तब उन्होंने सोचा कि अब एक ऐसी चीज़ बनाई जाए, जो सभी चीज़ों से ऊपर हो और जो उस हाथ की सफाई का अकेला प्रमाण हो, जिसने सारी दुनिया बनाई है। मूर्तियाँ गढ़ने में ब्रह्मा अब खूब पारंगत हो चुके थे। मगर सुन्दरता रचने के सारे सामान उन्होंने खर्च कर डाले थे और झोली उनकी प्रायः रिक्त थी। इसलिए अपनी रचनाओं से वे स्वयं ही मधुकरी माँगने निकले और, शीघ्र ही, सुषमाओं से भरी झोली लेकर वापस आ गए।

इस झोली में बड़ी-बड़ी हृदय-हारिणी और अमूल्य वस्तुएँ एकत्र थीं,

जिनमें से कोई भी एक वस्तु सारे संसार को मधुर, मादक और ज्योतिष्मान् बना सकती थी। उदाहरण के लिए; झोली में चन्द्रमा की शीतलता और खिंचाव था, बादल की मस्ती और अल्हड़पन था; ऊष्मा की लाली और संध्या का राग था, लता की लोच और दूब की हरियाली थी; लहरों की चंचलता और धारा का प्रवेग था; कोयल की कूक और गयन्द की चाल थी; कपोत की गर्दन की गोलाई और शुक की चंचु का मोड़ था; रंभा के तने की करभता और सिंह की कटि का संकोच था। संक्षेप में यह कि संसार की प्रत्येक अद्भुत सुषमा ने अपना सबसे बड़ा चमत्कार विधाता को दान में दे दिया था।

और तब विधाता ने समाधि में जाकर जो इन सुषमाओं को एकत्र किया और उसमें जान फूँकी, तो सामने एक नारी-मूर्ति साकार हो उठी। और उसे देखते ही, सिर से पाँव तक, ब्रह्मा के सारे शरीर में अनायास सिहरन दौड़ गई और उन्हें लगा, मानो उनके लोहू में कोई नाव चल रही हो! मगर वे तुरन्त सावधान हो गए और औरत से उन्होंने कहा कि तेरा चाहनेवाला अब आएगा। तब तक तू आश्रम के किसी कोने में विश्राम कर।

फिर एक दिन आदमी उसने मिलने आया और जब वह मिलकर जाने को हुआ, विधाता ने कहा, "और बेटा, इधर मैंने तेरे लिए एक उपहार तैयार किया है। यदि तुझे रुचे तो, उसे भी साथ लेता जा।"

और इतना कहकर विधाता ने ताली बजाई और औरत कुटी से निकलकर बाहर खड़ी हो गई।

आदमी को काटो तो खून नहीं। भीतर कलेजा बल्लियों उछल रहा है और बाहर ओठ सूखते जा रहे हैं। रक्त का दबाव ऐसा बढ़ा कि कान गर्म हो गए और आँखें मस्ती के मारे तनाव में आ गईं। बेचारा कुछ समझ ही नहीं पाता था कि यह हो क्या रहा है। और ब्रह्मा अपने बेटे की यह विकलता देखकर मन्द-मन्द दाढ़ी-मूँछ में मुस्कुराए जा रहे थे।

आखिर, आदमी के मुख से निकला, "धन्य हो पिता! क्या चीज़ बनाई है कि अँधेरे में उजाला हो गया, कि कुछ देखने के लिए हैरान आँखों को खूबसूरती का एक इन्द्रजाल मिल गया। हाँ, यह उपहार तो मुझे दे ही डालो।"

और ब्रह्मा ने औरत को मर्द के साथ कर दिया।

मर्द औरत को लिये हुए उसी रास्ते से लौटा, जिस रास्ते से वह आया था। और औरत को देखकर वह जिधर भी अपनी दृष्टि डालता, सारी-की-सारी

दुनिया रंगीन दिखाई देती। वह मन-ही-मन सोचता जा रहा था कि इतनी देर में प्रकृति के भीतर यह क्या परिवर्तन हो गया कि जो फूल आते समय केवल फूल-से लगे थे, वे अब फूलों के बादशाह मालूम होते हैं! जो हरियाली आते वक्त सिर्फ हरियाली-सी लगती थी, वह अब आत्मा की पोशाक-सी दिखाई देती है और जो हवा पहले सिर्फ ठंडक पहुँचाती थी, अब वह संजीवनी-सी छुला रही है!

और आदमी यह सोचकर और भी विस्मित और हैरान था कि हो-न-हो, इस मूर्ति को मैंने पहले भी कहीं देखा है। लेकिन कहाँ? इस जन्म में या उस जन्म में? पृथ्वी पर या स्वर्ग में? ठीक से कोई समाधान तो नहीं मिल रहा था, किन्तु अन्तरात्मा जैसे ज़ोर देकर कह रही थी कि यह कोई अपरिचिता नहीं, तुम्हारी जानी-पहचानी संगिनी है, जिसके साथ तुम अनेक बार ताराओं के बीच घूम चुके हो, चाँदनी में झूम चुके हो और धूप में टहलकर बरसात में भींग चुके हो।

लेकिन, दो ही दिनों के बाद, मर्द औरत को लिये ब्रह्मा के पास वापस आ पहुँचा और औरत को ब्रह्मा के चरणों में डालता हुआ कहने लगा, "नहीं बाबा, यह मेरे बस की चीज़ नहीं है। जानते हो कि जब से इसे ले गया हूँ, मुझसे एक काम भी नहीं हो पाता? लगता है कि हाथ-पाँव कहीं बँध गए हैं और तबीयत किसी ऐसी जगह जा फँसी है, जहाँ से वह उठना नहीं चाहती। और जी करता है कि हर वक्त मैं इसके सामने बैठा रहूँ और यह मेरे सामने बनी रहे। भला ऐसे में कहीं खेती-बारी हो सकती है? इसलिए, कृपा कर अपना उपहार अपने ही पास रखो। मैं अकेला ही अच्छा हूँ।"

ब्रह्मा ने औरत को अपने पास रख लिया और मर्द अपने माथे का बोझ फेंककर, हलका-हलका, अपने घर को लौट चला। मगर जितनी बार वह आगे को कदम उठाता, उतनी ही बार उसकी आँखें पीछे मुड़कर उस नारी-मूर्ति को देख लेतीं। बल्कि, एक बार तो वह पेड़ की आड़ में रुककर कुछ सोचने भी लगा, किन्तु फिर मन को कड़ा करके वह घर चला गया।

लेकिन उसके दूसरे दिन विधाता अभी सोकर उठे ही थे कि क्या देखते हैं कि आदमी उनके दरवाज़े पर मौजूद है।

विधाता ने मुस्कुराते हुए पूछा, "क्यों, रात भर नींद नहीं आई क्या?"

मर्द ज़रा झेंपा तो ज़रूर, मगर वह दिल की बात कह गया। बोला, "बाबा,

बात ठीक कहते हो। और नींद नहीं आई, यह कोई बड़ी बात नहीं है। मुश्किल तो यह है कि जगा-जगा भी मैं इसी खूबसूरत चीज़ का सपना देखता रहा। यह जब साथ थी, तब तो कुछ काम हो भी जाता था, किन्तु अब तो मुझसे कोई काम होता ही नहीं। यही लगता है कि जीवन शून्य हो गया है; मानो, अँगूठी में से नग उखड़कर कहीं गिर गया हो! मानो मंदिर का देवता कहीं गायब हो गया हो! मानो जीवन के महल की कुंजी कहीं रास्ते में ही छूट गई हो! मैंने गलती की कि कल उसे मैं आपके चरणों में डाल गया। वह तो मेरा हृदय है, मेरी आत्मा है और आत्मा को अलग करके कोई जी भी कैसे सकता है? मैं उसे लेने आया हूँ। आप मुझे क्षमा कीजिए और औरत को मेरे साथ कर दीजिए।"

ब्रह्मा बोले, "अवश्य ले जाओ, क्योंकि यह तुम्हारे लिए है और तुम इसके लिए।" और ब्रह्मा ने औरत को मर्द के साथ कर दिया।

मगर, दो दिनों के बाद, मर्द औरत को लिये-दिये फिर विधाता के पास आया और बोला, "नहीं महाराज, मेरा पहला फैसला ही ठीक था। खूब ठोंक-बजाकर देख लिया। औरत मेरे काबू की चीज़ नहीं है। यह तो आपने पारे की प्रतिमा तैयार की है, जिसके मिजाज का कुछ पता ही नहीं चलता। यह तो बिना कारण हँसती है, बिना कारण रोती है और बिना कारण ही रूठ जाती है। ऐसा कीजिए कि इसे अब सब दिन के लिए वापस कर लीजिए। कान पकड़ता हूँ, जो फिर कभी माँगने आऊँ।"

मगर ब्रह्मा आदमी की गहराई को छान चुके थे, बोले, "तुम इसके साथ भी नहीं रह सकते और इसके बिना भी नहीं रह सकते, यह तो विचित्र पहेली है। तुम अपने मन को नहीं जानते, लेकिन मैं उसे भली भाँति जान गया हूँ। इसलिए मेरा निर्णय है कि औरत तुम्हारे साथ रहेगी।"

और तभी से औरत मर्द के साथ है।

नारी की रुचि

एक ऋषि थे, जिनका शिष्य तीर्थाटन करके बहुत दिनों के बाद आश्रम में वापस आया।

संध्या समय हवन-कर्म से निवृत्त होकर जब गुरु और शिष्य, ज़रा आराम से, धुनी के आर-पार बैठे, तब गुरु ने पूछा, "तो बेटा! इस लम्बी यात्रा में तुमने सबसे बड़ी कौन बात देखी?"

शिष्य ने कुछ सोचकर कहा, "महाराज, सबसे बड़ी बात तो मुझे यह लगी कि देश की सारी नदियाँ बेतहाशा समुद्र की ओर भागी जा रही हैं।"

गुरु बोले, "अरे, इसमें कौन-सी विचित्रता है?"

शिष्य ने निवेदन किया, "विचित्रता तो है महाराज! अब यही देखिए कि जितनी नदियाँ हैं, वे सब-की-सब श्रद्धेय हैं। उनका रूप मनोहर और पानी सुस्वादु है और उनके किनारों पर इतने फूल खिलते हैं, इतने पक्षी चहचहाते रहते हैं कि आदमी का जी वहाँ से हटने को नहीं चाहता। मगर ये नदियाँ हैं कि कहीं एक क्षण रुकने का नाम नहीं लेतीं। ये भागी जा रही है, भागी जा रही हैं। और किसकी तरफ को महाराज? उस समुद्र की तरफ को, जिसका रंग नीला और सारा शरीर लवण से तिक्त है, जिसके मुँह से हर समय पागलों की तरह झाग चलता रहता है और जिसे यह चिन्ता ही नहीं रहती कि कौन उससे मिलने आता है।"

ऋषि ने कहा, "बेटा, समुद्र नर और नदियाँ नारी हैं। नारियों का स्वभाव है कि वे अपने प्रेमी का चयन रूप नहीं, गुण देखकर करती हैं। समुद्र नीला और

खारा भले ही हो, मगर, वह गम्भीर है और बड़ा ही मर्यादावान् भी। इसीलिए, वह घटता-बढ़ता नहीं। ऐसे सुगम्भीर मर्यादा पुरुषोत्तम का आकर्षण भला कौन नारी रोक सकती है?"

ला बेल दाम साँस मर्सी

सिनेमा-युग का एक प्रेमी नदी-किनारे सुनसान में बैठा लहरें गिन रहा था।

एक, दो, तीन...!

तीनों लहरें चली गईं और उनकी पीठ पर चौथी आई और फिर पाँचवीं।

और प्रेमी के मन में भी एक, दो, तीन, बारी-बारी से, तीन खूबसूरत चेहरे एक-के-बाद एक आकार अँधेरे में विलीन हो गए, मानो तीन लहरें एक-पर-एक आकर कहीं अदृश्य की ओर निकल गई हों!

इतने में, अचानक एक भरा-पूरा नंगा बालक किनारे पर प्रकट हुआ, जिसके बाहु-मूलों पर दो छोटे-छोटे खूबसूरत पंख लगे थे।

यह और कोई नहीं, स्वयं क्युपिड था, जो संसार के संकीर्ण हो जाने से, अब मजे से यूरोप से एशिया तक आ जाता है।

और क्युपिड से उस नौजवान के चेहरे को उदास देखकर कहा, "ला बेल दाम साँस मर्सी" अर्थात, रूपवती नारी, जिसके पास हृदय नहीं।

और क्युपिड कहता गया, "तो ये सारी खुशामदें बेकार हुईं। रोज़ अखबारों में फोटो छापो, रोज़ इनकी खूबसूरती की दुहाई देते फिरो, रोज़ दिन भर आँखें बिछाए रहो और रोज़ रात में सोते-सोते झाँकियों का चर्वण करो, मगर औरत-औरत ही रहेगी। औरत का प्रेम कमल पर गिरनेवाली ओस की बूँद है। वह कमल में मिलकर खो जाने से परहेज करती है और ज़रा-सी गर्मी लगने पर सूख भी जाती है। प्यारे, प्रेमिकाएँ चंचलता को लेकर जन्म लेती हैं और चंचलता को लेकर ही जवान भी होती हैं। उनका मिजाज पारे का, सिर्फ चेहरा गुलाब का होता है। ज़माने से यही होता आया है और ज़माने तक यही होता जाएगा।"

अर्द्धनारीश्वर

एक दिन ब्रह्मा ने मर्द से पूछा कि तुम्हें कैसी संगिनी चाहिए?

मर्द कुछ सोचकर बोला, "जो ढीली हो, लचीली हो, जिसका मेरुदंड भी मृणाल का तार हो, जिसका चेहरा गुलाब का, आँखें हिरण की, नाक सुग्गे की, होंठ फूलों के और उँगलियाँ कोंपल की हों और जिसकी हर बोली एक लय हो, हर चितवन अमृत की धार हो और हर कदम ऐसा हो, मानो, फूलों की ऋतु झूमती हुई आ रही हो। और उसके दिमाग नहीं, सिर्फ दिल-ही-दिल हो। वह ऐसी हो, जैसी पेड़ पर छाई हुई यह लता है और जो पेड़ का सहारा लिये बिना ठहर नहीं सके। खेत-खलिहान के सारे कामों का जिम्मा लेने को एक मैं ही बहुत हूँ। अब जो नई कृति आवे, वह आनन्द और सपनों की प्रतिमा हो। वह ऐसी निराकार हो, जैसे मन में उठनेवाले बादल होते हैं और वह ऐसी शान्तिदायिनी हो, जैसे दिन के बाद आनेवाली चाँदनी होती है। अपनी बगल में अब मैं किसी ऐसी चीज़ को नहीं चाहता, जिससे मुझे मेहनत की याद आए, थकान की याद आए, जिससे मुझे मेरी ज़िम्मेवारियों का खयाल हो। बल्कि, मैं तो वह सूरत चाहता हूँ, जो सपनों की तसवीर हो, जो उस हंस के समान हो, जो जल पर तैरनेवाले हंस के नीचे-नीचे चलता है; जो उस फूल के समान हो, जो उपवन में नहीं, उपवन में घूमनेवाले दर्पण में खिलता है। बाबा, मुझे चाँदनी दो, हरियाली दो और दो वह कल-कल नाद, जो दूर पर बहनेवाली नदी के हृदय से उठकर आता है।"

ब्रह्मा ने मर्द की सारी नब्ज़ें पहचान कर स्त्री की रचना कर दी।

और कुछ दिन बाद, ब्रह्मा ने स्त्री से भी पूछा कि "क्यों, तुम्हारे संगी में

सब कुछ ठीक है या कुछ परिवर्तन किया जाए?"

औरत बोली, "वैसे तो सब कुछ ठीक है, मगर मूँछ और दाढ़ी के बाल कुछ और कड़े कर देते तो अच्छा होता। और आपके यहाँ शेर और रीछ बनानेवाले मसाले अगर बाकी हों, तो उनमें से मर्द को थोड़ा-सा और दे दीजिए।"

ब्रह्मा ने मर्द के दाढ़ी-मूँछ के बाल कड़े कर दिये और कई बातों में उसे शेर और रीछ के समान बना दिया।

और तब वे सोचने लगे, 'यह ठीक हुआ। मर्द धूप है तो धूप की गर्मी उसमें और बढ़नी ही चाहिए। और औरत चाँदनी है तो उसकी शीतलता जितनी बढ़ती जाए, उतना अच्छा है। कर्म है तो हथौड़े और कुदाल चलानेवाली बाँहों की फट्ठियाँ चट्टान चीरकर बनाई जाएँगी। और सपना है तो औरत के एक कल्पना, एक ख्याल, रंगों का एक धुआँ और सुगंध की एक मंजूषा बन जाने में हर्ज क्या है?'

मगर, दुनिया ठीक से चली नहीं। मर्द ने खेतों में काम तो खूब किया, किन्तु, खेत के काम उसकी ताकत को थका नहीं सके। वह पहले तो इधर-उधर टकराकर धक्के-मुक्के के मज़े लेता रहा; फिर वह बड़ी-बड़ी लड़ाइयाँ लड़ने लगा, क्योंकि लड़ाइयों में वह जी भरकर गरज सकता था, पूरी ताकत को तानकर प्रहार कर सकता था और उछल-उछलकर अपनी मर्दानगी की भूख मिटा सकता था।

और औरत ने दुनिया के कामों में हिस्सा लेना छोड़ दिया, क्योंकि वह सपना थी और सपने पसीना बहाकर काम नहीं कर सकते। और जब भी औरत काम करने को बढ़ती, मर्द उसे रोक देता और कहने लगता, "तू तो मेरे मन की तरावट और हृदय का प्रकाश है। काम करने को मैं अकेला ही बहुत हूँ। तू केवल इतना कर कि जब भी मैं शाम को घर लौटूँ, तब तू जुही के फूल बनकर मुझ पर बरस जा, खिली हुई लता बनकर मेरे गले से लिपट जा और अपने स्पर्श से मेरे उष्ण रक्त की धारा को तनिक शीतल बना दे।"

औरत को यह काम बहुत पसन्द आया और वह दिन-दिन अधिक चाँदनी, अधिक जुही और अधिक लता बनने लगी, बल्कि, दिन-रात उसे यही चिन्ता रहने लगी कि कैसे वह ऐसी बन जाए कि मर्द की गर्मी और थकान को अधिक-से-अधिक उतार सके।

और तब धरती की आत्मा ने एक दिन ब्रह्मा से शिकायत की कि "बाबा, तुमने यह क्या किया? औरत तो खैर घास पर की रंगीन शबनम है, मगर इस मर्द का क्या हो, जो आग का लुक्का बनकर उड़ रहा है, जिसे केवल जलने में ही नहीं, जलाने में भी आनन्द आने लगा है? क्या ऐसा नहीं कर सकते कि औरत को थोड़ा मर्द और मर्द को थोड़ी औरत बना दो?"

ब्रह्मा ने अपनी छेनी-हथौड़ी को देखा और वे हँसकर बोले, "इन औज़ारों का हर काम अधूरा रहता है। और मैं किसी भी मूर्ति तो तोड़कर दुबारा नहीं गढ़ता, क्योंकि यह काम मैंने आदमी के लिए छोड़ रखा है। तुम जो कहती हो, वह, कदाचित् होनेवाला है, क्योंकि नारद मुझसे कह रहे थे कि धरती पर अगला अवतार अर्द्धनारीश्वर का अवतार होगा। अर्द्धनारीश्वर, जिसकी लताएँ पेड़ का सहारा लिये बिना खड़ी होंगी और अर्द्धनारीश्वर, जिसके पेड़ का तना स्वयं लचीला और नर्म होगा। अर्द्धनारीश्वर जिसकी कविता में ज्ञान की रीढ़ होगी और अर्द्धनारीश्वर, जिसके ज्ञान में कवित्व का लोच होगा। नर की धूप और नारी की चाँदनी, ये अलग-अलग नहीं रहेंगे, बल्कि अर्द्धनारीश्वर की दुनिया गोधूलि से झिलमिल रहेगी। गोधूलि, जो कभी यह नहीं कहती कि सब कुछ स्पष्ट है। और गोधूलि, जो यह नहीं मानती कि केवल मेरा कहना ही ठीक है।"

और तब से धरती अर्द्धनारीश्वर की राह देख रही है।

कवि

मैं निर्वासित हूँ या मेरा घर इसी देश में है?

किसी ने मुझे निमन्त्रण दिया था या मैं अपने-आप आ गया हूँ?

लगता है, जहाँ मैं था, वहाँ रेगिस्तान था। फूलों का यह समुद्र आँखों के आगे पहले-पहल आया है।

मुरदों का देश लाँघकर मैं जीवितों के जगत में आया, पर, यहाँ तो किसी को मेरा ध्यान ही नहीं है।

सारा संसार हर्ष-मग्न है। सारा संसार आनन्द से उच्छल है। होली का कोई पर्व है, जो बारह महीने, तीस दिन एक-सा चल रहा है।

नर-नारियों का मेला लगा हुआ है। सभी एक-दूसरे को ढकेलते हुए आगे जा रहे हैं—वहाँ, जहाँ आनन्द नृत्य कर रहा है, बाजे बज रहे हैं औ' हवा गंधों से बोझिल और बेचैन है।

आनन्द के स्वागत में सबकी बाँहें खुली हुई हैं। नर के हाथों में नारी के कठिन वक्षोज और नारी की बाँहों में नर का वृषभ-स्कन्ध है।

और मैं मूर्ख यह सोच रहा हूँ कि आनन्द क्या, सचमुच, इतना ठोस, इतना स्थूल होता होगा। फूल क्या उतना ही है, जितना उसके स्पर्श में दिखाई देता है?

आनन्द की धारा सामने से हहराती हुई भागी जा रही है और मैं उसमें डुबकी नहीं लगा सकता।

सहगान का नाद पृथ्वी को पूर कर आकाश को भरता जा रहा है, किन्तु उसमें मेरे गीतों की एक भी कड़ी नहीं है।

कौन दोषी है इसमें? किसका यह दंड है?

इस कार्यव्यस्त संसार में मेरे लिए कोई रोजगार नहीं।

मैं उस शिशु के समान अलग पड़ा हूँ, जो अभी हँसना ही नहीं जानता।

सबके सामने कोई-न-कोई उद्‌देश्य है। एक मैं ही हूँ, जिसे उद्‌देश्य नहीं मिलता।

सब-के-सब ज्ञान से उच्छल और विचारों से जाज्वल्यमान् हैं। एक मैं ही हूँ, जो चमक नहीं पाता, जो खोया-खोया-सा और बेकार है।

सबकी नावें पतवारों के सहारे चल रही हैं। एक मेरी ही नाव है, जो तरंगों के अधीन है, जो चलती नहीं, केवल बहती जाती है।

हर एक का कोई-न-कोई अवलम्ब, कुछ-न-कुछ आश्रय और आधार है। मगर आकाश का निस्सहाय बादल किसका सहारा ले?

कौन जानता है कि क्यों मैं पीछे छूट गया हूँ?

जीवन भर हिमकण बटोरना, जीवन भर तारों की छाया संचित करना और जीवन भर सपनों को गिनते रहना, यह सचमुच ही कोई काम नहीं है?

ओ माँ! यह सब मेरी समझ में कुछ नहीं आता।

ओ माँ! मुझे किसी से कोई द्वेष नहीं; मगर भूख लगने पर मुझे भी दूध पिला देना।

नूतन काव्यशास्त्र

[1]

तू नये युग का कवि है। यह कैसे सम्भव है कि तेरा काव्यशास्त्र वह हो, जिसकी रचना के समय तेरा युग समय के गर्भ में भी नहीं आया था?

जब नई कविता जन्म लेती है, तब उसके साथ आलोचना के नये सिद्धान्त भी जन्म लेते हैं और जब नया कवि आता है, तब उसके पीछे-पीछे नया आलोचक भी आता है।

और मैं तेरे लिए नया काव्यशास्त्र रचूँ, यह मेरे लिए अशक्य है। जो अभी जनमा नहीं या जो जनम कर खड़ा हो रहा है, उसकी कठिनाइयों का हाल वे क्या जानें, जो शिखर पार करके अब पश्चिम की ओर उतर रहे हैं?

एक घर में रहते हुए भी पिता और पुत्र कुछ-कुछ अपरिचित होते हैं।

और पुत्र तो पिता का इतिहास जानता है, किन्तु पिता यह दावा कैसे करे कि पुत्र का सारा भविष्यत् उसे ज्ञात है?

मगर, अगले युग की कोई-कोई कठिनाई पिछले युग को भी ज्ञात रहती है और जो कठिनाइयाँ मुझे ज्ञात हैं, उनकी चर्चा मैं तुझसे करूँगा।

और पहली कठिनाई यह है कि इस युग का संगीत टूट गया है और जिस निश्चिन्तता के साथ लोग अब तक गाते और छन्द बनाते आए थे, वह निश्चिन्तता तेरे लिए नहीं है।

तेरा व्यंग्य अराजक और मेरा चर्म निस्पन्द है। कोई चीज़ थी जो मुझसे छिटककर चली गई और तुझ तक वह पहुँची नहीं है। इस चीज़ को वापस

लाना हो, तो कोई ऐसी राह निकाल, जिससे काल-वीणा का यह टूटा संगीत फिर से पकड़ा जा सके।

और इसीलिए कहता हूँ कि तेरा काव्यशास्त्र वह नहीं है, जो पुस्तकों में वर्णित है, बल्कि, वह जो तेरे अन्तराल में प्रच्छन्न है; जिसकी अज्ञात प्रेरणाओं से तू पुराने नियमों को तोड़ रहा है और जिसके अज्ञात संकेतों पर तू चाक पर कविता के नये रूपों का निर्माण कर रहा है।

भावों के तूफान को बुद्धि की ज़ंजीर से कसने की उमंग कोई छोटी उमंग नहीं है। तेरी कविता के भीतर जब भी तेरे दिमाग की चरमराहट सुनता हूँ, मुझे भासित होने लगता है, काव्य में एक नई लय उतर रही है, जो भावों के भीतर छिपकर चलनेवाले विचारों की लय है, जो कवि से एकाकार होकर उठनेवाले चिंतक का संगीत है।

और तुझे ऐसा भी लगता है कि चलते-चलते तेरे मन का रथ अकस्मात् कहीं रुक गया हो? रथ की इस रुकावट को लोग पहले नहीं मानते थे और, काव्यशास्त्र की आज्ञा के अनुसार, वे उसे आगे खींच देते थे। किन्तु, तू चाहे तो रथ को वहीं छोड़ दे, जहाँ वह रुकना चाहता है, क्योंकि यह रुकावट और कुछ नहीं, तेरी कविता की स्वाभाविक यति है।

और कभी ऐसा भी अनुभव होता है कि तेरी नाव जिस धार में चल रही है, उसका प्रवाह सीधा नहीं, बाधित और वक्र है? तेरी नदी तेरा छन्द है। नदी साँचे में ढलकर आती, तो सीधी होकर बह सकती थी। किन्तु, वह तो साँचे में ढली नहीं, तेरे मन से उतरी है और मन की कठिनाइयों की अवज्ञा वह कैसे कर सकती है?

और कभी ऐसा भी दीखता है कि जो कुछ तेरे सामने खुलता है, वह हरियाली नहीं, रेगिस्तान है, जुही और चमेली के फूल नहीं, नागफनी का कंटक-जाल है? यह तेरी विषण्ण कल्पना है, जो भविष्यत् को अतीत के हाथों प्राप्त हुई है?

प्रत्येक कवि अपने समय के विश्व को विश्रृंखल मानता है और वह उसे सामंजस्य देकर पहले की अपेक्षा कुछ अधिक बोधगम्य बनाना चाहता है। विश्वास है कि तू भी जहाँ रेगिस्तान है, वहाँ हरियाली भरेगा और जो नागफनी के वृन्त हैं, उन पर जुही और चमेली के फूल खिलाएगा।

और लोग कहते हैं कि तेरी कविता अस्पष्ट है, मगर, वे यह नहीं कहते

कि जिस सौन्दर्य को तू पकड़ना चाहता है, उसकी राह उजियाले से होकर गई भी है या नहीं।

प्रत्येक रुक्ष और नीरस वस्तु का एक सरस पक्ष है। इस सरसता को खोज निकालना अछूती कविता को खोज निकालना है।

प्रत्येक अन्धी और काली चीज़ के भीतर एक गहराई है। इस गहराई को खोज निकालना अध्यात्म को खोज निकालना है।

काव्य और गद्य की भाषा एक हो, यह तो साहित्य के स्वास्थ्य की निशानी है। गद्य यदि बाज़ार और व्यापार की भाषा है, तो कविता को बाज़ार और व्यापार में उतरना ही चाहिए। आखिर, हम यह भी तो चाहतें हैं कि मन्दिरों में सीमित न रहकर बाज़ार, व्यापार और राजनीति में भी व्याप्त हो जाएँ।

किन्तु, कविता जिस विषय पर भी हो, उसे सबसे पहले कविता होना चाहिए।

कविता की भाषा रूखी होने पर भी थरथराहट-भरी, सुरभित, रंगीन और कलरवपूर्ण हो सकती है।

मनुष्य के मन में आज जितनी गुत्थियाँ, जितना कोलाहल और जितना घमासान हैं, उतना पहले कभी नहीं था।

प्रेम और विरह के गान अब उतने सीधे नहीं रहे, जितने पहले थे।

रामगिरी के यक्ष और तपोवन की शकुन्तलाएँ, ये साहित्य में तो जीवित हैं, किन्तु, जीवन में उनके प्रतिमान नहीं मिलते। आज की शकुन्तलाएँ और आज के यक्ष किसी और प्रकार की अनुभूतियों से गुज़र रहे हैं। इनके प्रेम और विरह को पकड़ने की राह अब कालिदास की राह नहीं रही।

मनुष्य के भीतर जो कोलाहल है, फेंक सके तो मानव को उसके केन्द्र में फेंक दे। मस्त छन्दों की चादर ओढ़कर मनुष्य अपने आपसे भाग रहा है। यह जिधर को जाए, तू अपना टूटा हुआ आईना वहीं इसके सामने कर दे।

एकान्त के भय से दिन-रात मेले में घूमनेवाले मनुष्य को तू एकान्त कक्ष में ले जा सके, तो यही मनुष्य एक दिन तुझे अपना उपकारी मानेगा।

और विचारों तथा अनुभूतियों के जो परिचित रूप हैं, उनकी जकड़बन्दी से छूटे बिना आदमी उस धरातल से आगे नहीं बढ़ेगा, जिस पर वह बहुत दिनों से सड़ रहा है।

तू जब विद्युत-गति से एक चित्र से दूसरे चित्र तक उड़ता है, संगति के

नियम से एक लोक से उड़कर दूसरे लोक में पहुँचता है, तब तेरे साथ बहुत सारे लोग उड़ने लगते हैं और जो नहीं उड़ पाते, उनकी तन्द्रा भी टूट जाती है।

[2]

जब नीति और धर्म की मान्यताएँ सुदृढ़ होती हैं और लोगों को उनके विषय में शंका नहीं रहती, तब साहित्य में क्लासिक शैली का जन्म होता है।

जब वायु असन्तुष्ट और क्रान्ति आसन्न होती है, तब साहित्य की धारा रोमांटिक हो उठती है।

किन्तु, तू जिस काल-देवता के अंक में बैठा है, उनकी सारी मान्यताएँ चंचल और विषण्ण हैं तथा उन्हें इस ज्ञान से भी काफी निराशा मिल चुकी है कि रोमांस की राह किसी भी निर्दिष्ट दिशा में जाने की राह नहीं है।

तू क्लासिक बने तो मृत और रोमांटिक बने तो विक्षिप्त हो जाएगा। तेरी असली राह वही है, जिसे तू अपनी अनुभूतियों से पीटकर तैयार कर रहा है।

अन्धकार के छोर पर प्रकाश का स्रोत और निशीथ के हृदय में सुनहरी ऊषा का निवास है।

जहाँ पहाड़ों के खतरनाक कगार हैं, वहीं ऐसी हरियाली बसती है, जिस पर किसी के पाँव नहीं पड़े हैं।

कविता के पास आज ऐसी पृष्ठभूमि नहीं रह गई है, जो सार्वभौम हो। जो इस सीधी-सी बात को लेकर तुझसे विवाद करते हैं, स्पष्ट ही, वे गलत बात के लिए लड़ रहे हैं।

जब मान्यताएँ बिखर जाती हैं और कोई भी मूल्य स्थिर नहीं रह जाता, तब कवि को अपने विश्वासों के लिए बार-बार लड़ना पड़ता है।

किन्तु, यह लड़ना भी कब तक? और यह भी क्या बताना पड़ेगा कि साहित्य की सेना के असली सिपाही का नाम आलोचना नहीं, रचना है?

और प्रेषणीयता के बहुत-से दरवाज़े, जो परंपरा से खुले चले आ रहे थे, अब बन्द हो गए हैं।

किन्तु, तू विवाद में पड़कर अपनी शक्ति गँवाएगा या प्रेषणीयता के नूतन द्वार को उन्मुक्त करके शंकालुओं से यह कहेगा कि देखो, मैं जिस प्रच्छन्न विश्व की ओर संकेत कर रहा था, वह यहाँ है?

चीज़ें एक बिन्दु से जैसी दीखती हैं, दूसरे बिन्दु से वे ठीक वैसी ही दिखाई नहीं देती। अनेकान्तवादी दर्शन केवल धर्म तक ही सीमित नहीं है, प्रत्युत, काव्य और कला तक भी उसका प्रसार है।

जब मैं अपने युग में खड़ा होकर देखता हूँ, तब छन्द मुझे भी अनिवार्य-से लगते हैं। किन्तु, जब मैं तेरे पास होता हूँ, तब मुझे भी यह भासित होने लगता है कि छन्द, सचमुच ही, शायद वह भूमि है, जिस पर कल्पना नृत्य का पहला पाठ सिखाती है।

पद्य के रचयिताओं ने ग़लत किस्म की कविता लिखी, यह बात सत्य नहीं है। किन्तु, यह सत्य है कि तेरे सामने भग्न मान्यताओं के जो अंबार हैं, वे केवल पद्य में सजाए नहीं जा सकते। विषण्णता को मस्ती में समेटने का प्रयास भी कोई प्रयास है? टूटे हुए संगीत को बाँधने के लिए टूटे हुए छन्द चाहिए।

जिस धरातल पर गीत गाए जाते हैं, सधे-सधाए छन्दों में ग़ज़ल, तराने और दादरे सुनाए जाते हैं, वह धरातल आज कविता के जड़त्व का धरातल बन गया है।

मनुष्य की आत्मा पर जमी हुई पपड़ियों को तोड़ना हो, तो अब मनोरंजन के निमित्त विरचे जानेवाले छन्दों को तोड़ डालना ही पुण्य है।

मनुष्य के मानसिक कोलाहल से कान फेरकर मस्ती के छन्द मत बना, क्योंकि ये छन्द छलना के छन्द होंगे।

वृक्षों की शीतलता के भ्रम में निश्चिन्त होकर आनन्द की बंसी मत बजा, क्योंकि आज कोई भी ऐसा वृक्ष नहीं है, जिसके भीतर चिनगारियाँ नहीं दौड़ रही हों।

किन्तु, केवल छन्दों के टूटने से क्या होता है, यदि उनके साथ आदमी की पपड़ियाँ न टूट जाएँ? और पंक्तियों से संगीत को निष्कासित करने से क्या होगा, यदि यह संगीत विचारों से न लिपट जाए?

छोटे नियमों की पाबन्दी तोड़ना उन्हीं को शोभा देता है, जो बड़े नियमों की पाबन्दी में रहना चाहते हैं।

कविता साहित्य का निचोड़ है और छन्दों से बाहर निकलकर वह अपने इस पद को और भी ऊँचा कर सकती है।

[3]

कविता शब्द नहीं, शान्ति है। कविता कोलाहल नहीं, मौन है। शब्दों के कलरव से परे कविता की अशब्दता का निवास है।

कविता भाषा में नहीं आ सकती। हम जिन शब्दों को कविता कहते हैं, वे तो कविता के अत्यन्त समीप की सीढ़ियाँ हैं।

तू यह देखना भूल जा कि तेरी कविता को सुनकर कोई सिर हिलाता है या नहीं। तेरे देखने की बात तो यही हो सकती है कि कविता सुनकर श्रोता की आँखें बन्द होती हैं या नहीं; वह बाहर से सिमटकर भीतर की ओर डूबता है या नहीं।

तेरी कसौटी तालियों की गड़गड़ाहट नहीं, श्रोताओं का नीरव वैकल्य है।

कविता मनोरजंन नहीं, आत्मानुसन्धान का उन्मेष है। कविता सजावट और रंगीनी नहीं, अपने आपको चीरने का प्रयास है और जो अपने-आपको चीरता है, वही मनुष्य की जड़ता को चीर सकता है।

चेतना की ऊर्मियों पर विचरण करने के दिन गए। इन ऊर्मियों को दबाकर तू तो इस़ बात का पता लगा कि उनके आगे का आध्यात्मिक सत्य क्या है?

प्रत्येक कविता, किसी-न-किसी हद तक, आध्यात्मिक होती है। और आत्मा की सतह पर भी सौन्दर्य है, फूल और कलियाँ हैं, लताएँ और दूब हैं; आँखों के डोरे, उरोजों की गोलाई, नाभि के पासवाली त्रिवली और जाँघों का उतार है। अधिक कवि तो अब तक इन्हीं सतही रूपों से खेलते रहे या उनमें से कोई नीचे उतरा भी, तो उस महल से नीचे नहीं जा सका, जो पहले से ही प्रकाशित था। अपने भीतर उमंग पैदा कर कि तू इस महल के नीचेवाले महलों में जाकर दीये जलाएगा।

आत्मा के लोक में अँधेरी रात छा गई है। हम इस अन्धकार की भी आवाज़ सुनना चाहते हैं।

चित्रों को गलाकर ज्ञान का पिंड तैयार करना, यह विज्ञान का काम है।

ज्ञान को गलाकर साँचों में ढालना और उससे प्रतिमाएँ गढ़ना, यह काम कला करती है।

तू चित्र का प्रेमी है और मैं चित्रों की पूजा करता हूँ, क्योंकि चित्र भी मनुष्य के मन में भूकम्प ला सकते हैं। किन्तु, कोरे चित्र कोरी आतिशबाज़ी के खेल

हैं। हम चित्र नहीं, चित्रों के भीतर से कुछ और देखना चाहते हैं।

चित्र कविता के आभूषण नहीं, कल्पना के हृदय से चलनेवाली रक्तधारा के बिन्दु होते हैं।

और ज्ञान जब तक चित्र नहीं बनता, वह गतिहीन रहता है।

इसलिए, रोज़ नया ज्ञान अर्जित कर और रोज़ उसे भूल जा। क्योंकि भूला हुआ ज्ञान ही चित्र बन सकता है।

सब कुछ पढ़कर उसे भूल जाने की योग्यता, यह भी वह गुण है, जिसे शक्ति कहते हैं।

ज्ञान ने मनुष्य को बूढ़ा कर दिया। इस बूढ़े मनुष्य को फिर से किशोर बनाना है।

सौन्दर्य पर आसक्त और अगम पर चकित होने की योग्यता बूढ़ों नहीं, किशोरों में होती है।

मूर्ख दो प्रकार के होते हैं : एक वे, जो ज्ञान के पास कभी गए ही नहीं; और दूसरे वे, जो सब कुछ जानते हैं और जानकर सब कुछ को भूल जाते हैं। भूलना भी एक कर्म है, जिसके लिए सामग्री चाहिए और यह सामग्री ज्ञान से आती है।

ज्ञान का विषय ग्रन्थ ही नहीं, मनुष्य-समेत सारा संसार है। फिर भी, एक ही व्यक्ति है, जिसे हमें सबसे अधिक जानना चाहिए, और वह व्यक्ति स्वयं हम हैं।

पहले अनैतिकता का कारण अंधविश्वास था। आज उसका कारण दिमाग है, बुद्धि की प्रखरता है, ज्ञान का तीव्र आलोक है।

जो ज्ञान को पाकर और उसे फेंककर हल्का हो गया, वह, वह व्यक्ति है, जो फिर से बचपन में लौट गया है। किन्तु, जिसने ज्ञान को जाना ही नहीं, वह न तो बच्चा है, न नौजवान। उसे सिर्फ नाबालिग कहना चाहिए।

[4]

प्रतिभा का विकास एकान्त में और व्यक्तित्व का निर्माण धारा के प्रवाह में होता है, और जब भी व्यक्ति धारा के मार्ग में मिलनेवाले प्रस्तर-द्वीप को पाकर वहाँ बैठ जाता है, तब वह व्यक्तित्व को देकर चरित्र मोल लेता है।

चरित्र व्यक्तित्व के प्रस्तरीकरण का नाम है। चरित्र इस बात की सूचना है कि जहाँ तक मुझे बढ़ना था, मैं बढ़ चुका, अब मुझे नई अनुभूतियाँ नहीं चाहिए और वे तो बिलकुल नहीं, जो ठीक मेरे सामने से आती हैं।

जिसका व्यक्तित्व चरित्र बन गया, उससे यह पूछना बेकार है कि तुम्हारा नैतिक या आध्यात्मिक विकास हो रहा है या नहीं।

चरित्र की दृढ़ता को भावनाएँ पिघला नहीं सकतीं, न अनुभूति उस पर नई रेखाएँ खींच सकती है।

और यह भी कभी सोचा है कि कवियों का उत्थान उनकी किशोरावस्था में ही क्यों होता है? और क्यों एक उम्र पर आकर वे दबने लगते हैं, मानो उनके भीतर का सरोवर सूख गया हो! मानो उनकी कल्पना के भीतर रीढ़ निकल आई हो?

इनमें से अधिकांश वे लोग हैं, जो प्रवाह के मार्ग में आनेवाले प्रस्तर-द्वीप पर जा बैठे हैं, जिनकी बुद्धि ने उनकी भावना को दबा लिया है, जिनका व्यक्तित्व उनके चरित्र के पेट में चला गया है।

चरित्र की कठोरता उनकी शोभा है, जो न्यायपाल हैं। किन्तु, कवि के आत्मबन्धु न्यायपाल नहीं, साधु और सन्त होते हैं।

और संत यह नहीं मानते कि केवल वही शिखर सत्य का शिखर है, जिस पर उनका आवास है। वे इस शंका को भी चलने देते हैं कि सम्भव है, सत्य दूसरे शिखरों पर भी हो।

एक प्रकार की विरल शंका को अपने चारों ओर मँडलाने देना, यह संत का सबसे बड़ा गुण है।

और सत्य के मार्ग पर आए हुए व्यक्ति की पहचान यह है कि वह दुराग्रही नहीं होता।

तेरी झील में पानी आने के जो अनेक द्वार हैं, उनमें से एक को भी मत रोक, क्योंकि यह जानने का कोई उपाय नहीं है कि किस द्वार से आनेवाला पानी अच्छा और किस द्वार से आनेवाला बिलकुल खराब है।

कला और धर्म भाई-बहन हैं। दोनों दृश्य के परे देखते हैं, दोनों सामने के परदे को हटाना चाहते हैं। सरलता दोनों की शक्ति और फालतू ज्ञान, दोनों का बोझ है। इसलिए, शैशव को साथ लिये चलना, यह कवि की बहुत बड़ी शक्ति है। कलाकार का आरम्भ ही शैशव के पुनरुत्थान से होता है। शैशव और

देवत्व, ये एक ही वस्तु के दो नाम हैं।

जो अगदित होकर भी निगदित और अकथित होकर भी कथित है, उसे कोई कहे या न कहे, बात एक समान है।

कविता वह है, जो अकथ्य को कथ्य बनाने का प्रयास करे।

यदि बुद्धि निस्सीम है, तो काव्य-रचना मनुष्य का निरर्थक प्रयास है।

यदि विज्ञान पूर्ण है, तो मनुष्य को कविता की आवश्यकता ही क्या रह जाती है?

विज्ञान जहाँ तक घूमता-फिरता है, यदि विश्व वहीं तक समाप्त है, तो मेरे कवि! कविता बनाना अब छोड़ दे। तू विज्ञान का अनुचर नहीं, उसका पूरक हो सकता है।

मनुष्य जहाँ तक विज्ञान से परखा जा चुका है, वहाँ तक की दुनिया तेरे अधिकार में नहीं है। तेरा काम तो कमल के उन दलों को उन्मुक्त करना है, जो अब तक बन्द है; मनुष्य को वस्तुओं के उन रूपों का दर्शन कराना है, जो बुद्धि से देखे नहीं जा सकते।

[5]

कविता वह सुरंग है, जिसके भीतर से मनुष्य एक विश्व को छोड़कर दूसरे विश्व में प्रवेश करता है।

कविता अन्धकार और प्रकाश की वह सन्धि-रेखा है, जहाँ पहुँचकर मनुष्य का मन परिचित विश्व को छोड़कर अपरिचित से परिचय लाभ करता है।

कविता में हम बराबर इस लोक से मुक्त होकर परियों या देवताओं के लोक में जन्म लेते रहते हैं, जो और कहीं नहीं, हमारे ही भीतर प्रच्छन्न है।

सबसे बड़ी नर्तकी वह है, जो नाचते समय इस भाव से भरी रहती है कि वह और किसी के सामने नहीं, अपने आत्मदेवता के समक्ष नाच रही है।

और कवि जब, सचमुच, कवि होता है, तब वह समझाने को नहीं, मात्र समझने के निमित्त रचना करता है।

कविता गाकर रिझाने के लिए नहीं, समझकर खो जाने के लिए है।

कविता की रचना स्मृतियों को उधेड़कर अपने आपको देखने के लिए है,

अनुभूतियों को हाथ पर लेकर उन्हें समझने-बूझने के लिए है। कविता इस बात की गिनती है कि हमारे मन के समुद्र में कितने द्वीप हैं।

एक दुनिया खत्म हो गई और दूसरी अभी बस रही है। इन दोनों के बीच एक गहरी नदी बहती है। तू इस नदी पर रेशमी सेतु बनकर खड़ा हो जा।

और तू पुरानी प्रतिमाओं पर चाहे जितने भी प्रहार कर, किन्तु, उनका बोझ तुझे ढोना पड़ेगा। ये मूर्तियाँ उस पार जाएँगी, अब चाहे वे तेरे विरचित सेतु पर चलकर जाएँ या तेरी पीठ पर चढ़कर। ज़माने से यही होता आया है और ज़माने तक यही होता जाएगा।

महमूद ग़ज़नी मूर्ख था। वे सभी लोग मूर्ख हैं, जो करने लायक कोई और काम नहीं पाकर प्रतिमा-भंजन में लग जाते हैं।

और परंपरा से कौन भाग सकता है? न तुझसे मैं भाग सकता हूँ, न मुझसे तू।

परंपरा के दो रूप हैं। एक कवि नवीन परंपरा बनाता है, नई किस्म की कविता के लिए नई राह तैयार करता है और उसके पीछे आनेवाले कवि जब उस राह पर पाँव रखते हैं, तब उनके प्रकाश से पहला कवि और चमकने लगता है।

कविता पौधा भी है और खाद भी। जितनी कविताएँ लिखी गईं, वे सब-की-सब खाद ही तो बनी हैं। जो भी अच्छे-नये अंकुर उगते हैं, वे नये पौधे हैं और नया पौधा भी एक दिन खाद बनेगा।

और उपदेश मैं तुझे क्या दूँ? कवि भी कहीं कवि को उपदेश देता है?

हाँ, कई ऐसी बातें हैं, जिन्हें हमने हासिल करना चाहा था, मगर, जो हमारे हाथ आने से रह गईं। इन्हें यदि तू प्राप्त कर सके, तो विजय हमारे वंश की होगी।

दर्शनों के जाल और विचारों के व्यूह में फँसकर मनुष्य हैरान हो रहा है। इस घमासान में क्या उस बिन्दु का पता नहीं लगाया जा सकता, जहाँ से पाप और पुण्य समान दूरी पर हैं, जहाँ से नाम और अर्थ एक समान समीप हैं, जहाँ से देह और मन तुल्य दीखते हैं? सीपी के आत्मरक्षण से मोती और बाँस के आत्मरक्षण से वंश-रोचन बनता है। वह कवि कब आएगा, जिसका आत्मरक्षण उसका काव्य होगा?

कवि वह पवित्र पात्र है, जिसमें जीवन का शीतल प्रसाद संचित रहता है।

इस पात्र को गर्म नहीं होना चाहिए।

सबसे बड़ा दानी वह है, जो कुछ भी पाने की आशा किये बिना दे सके।

और वीर वे हैं, जो आधी सहानुभूति अपने प्रतिपक्षी के लिए सुरक्षित रखते हैं।

कला और आचार

एक देश में एक कवि था और एक बहुत बड़ा कवि था।

केवल वाणी ही नहीं, रूप में भी वह देवताओं के समान था और जिधर से भी वह निकल जाता, बीसियों आँखें उसकी ओर उठ जातीं और हर कोई यह सोचने लगता कि काश, यह नाते में मेरा कोई अपना हुआ होता!

और हर आदमी चाहता कि वह उससे मिलकर बातें करे और हर आदमी चाहता कि कवि उसके घर पर जलपान करे और हर आदमी चाहता कि कवि उसकी बही पर अपने नाम की सही बना दे।

और कवि की कोई कविता जब पत्रों में छपती, तब वह दिन सारे देश के लिए पर्व का दिन होता। और कवि की जब कोई किताब निकलती, तब उसकी बीसों प्रतियाँ खरीदकर मित्रों को उपहार भेजते और गरीब वाचनालयों में बैठकर पूरी किताब की किताब नकल कर डालते।

और कवि जब सभाओं में खड़ा होकर कविताएँ पढ़ता, तब लोग उसके एक-एक शब्द को उसी तरह पीते जाते, जैसे चातक स्वाति की बूँद पीता है। और जब तक कवि कविता पढ़ता रहता, लोग यह अनुभव करते कि वे इस लोक में नहीं हैं। और जब कवि का काव्य-पाठ समाप्त हो जाता, लोगों को यह महसूस होता, मानो अचानक आकाश का झूला टूट गया हो और वे झटके से नीचे आ गए हों!

नगरों में कवि के बारे में तरह-तरह की कहानियाँ सुनी जातीं। कुछ लोग कहते, उस पर एक देवी की कृपा है, इसलिए, वह जो चाहता है, वही लिख डालता है। कुछ दूसरे लोग कहते, इसकी समाधि योगियों की समाधि है और

ध्यान में सरस्वती रोज़ उसे दर्शन देती हैं। कई लोगों का यह भी विश्वास था कि कवि पहले था। बस, एक अप्सरा के प्रेम में पड़ने के कारण इन्द्र ने उसे अपने राज्य से निकाल दिया है। इसलिए उसकी आत्मा रोज़ विरह का गीत गाती है और, इसीलिए, कवि उस लोक की कल्पना में बेहाल है, जो धरती पर नहीं, धरती से ऊपर कहीं आकाश में अवस्थित है।

और तब ऐसा हुआ कि एक रोज कवि कुस्थान में मारा गया। और जब यह संवाद अखबारों में छपा, नगर-के-नगर ढार मारकर रो पड़े और हर आदमी को लगा, मानो, उसके अपने परिवार का एक लड़का मर गया हो! हफ्तों, अखबारों में विलाप छपते रहे; हफ्तों, अखबारों में चर्चाएँ चलती रहीं और हफ्तों, लोग शोक-सभाएँ करके कवि को श्रद्धांजलियाँ अर्पित करते रहे।

और जब देश की आँखों के आँसू तनिक कम हुए, तब यह आन्दोलन उठा कि कवि का कोई स्मारक बनाया जाना चाहिए, जो हमारे राष्ट्रीय गौरव के अनुकूल हो। और स्मारक के लिए जो अपील निकली, उस पर बादशाह के साथ उसके मंत्रियों के भी हस्ताक्षर थे और उसमें उन सभी लोगों के नाम थे, जो देश में, किसी भी कारण से, प्रसिद्ध हो गए थे।

और बात अब नगरों से निकलकर गाँवों में पहुँची। और गाँव की जनता ने भी यह सुना कि देश का कोई महान् पुरुष चल बसा है, जिसके स्मारक के लिए हर आदमी को, कुछ-न-कुछ दान देना चाहिए।

और ऐसा संयोग कि शहर के नकली जीवन से घबराकर भागा हुआ एक ऋषि उन दिनों गाँव में रहता था। और गाँव के लोग उसे अपना नबी और मसीहा समझते थे। और जब भी कोई बात उनकी समझ में नहीं आती, वे उसके समाधान के लिए सीधे ऋषि की कुटी में पहुँच जाते थे।

यह स्मारकवाली बात भी कुछ ऐसी ही थी। सो, उसका समाधान पूछने के लिए कुछ लोग ऋषि के पास आए और कहने लगे कि "गुरुदेव, राजधानी में अमुक नाम का कौन व्यक्ति था, जो मर गया है और जिसके स्मारक के लिए इतने अधिक धन की माँग की जा रही है? क्या वह दूसरा ईसा मसीह या दूसरा बुद्ध था? क्या वह मानवता के उद्धार के लिए बलिदान हुआ है? अथवा वह कोई योद्धा था, जिसने देश की इज़्ज़त बचाने के लिए अपनी जान गँवा दी है? अथवा कोई वैज्ञानिक था, जिसने मानवता को किसी बड़े आविष्कार का दान दिया है?"

गाँव के सीधे-सादे लोग! भला वे क्या जानें कि नगरों में पूजा केवल उन्हीं की नहीं होती, जो ईसा और बुद्ध होते हैं, बल्कि, उनकी भी, जो नाचते हैं, जो गाते हैं और जो मनुष्य की आत्मा को सुलाकर और उसके शरीर को जगाकर पैसे पैदा करते हैं। और पूजा के असली कारण ये नाच और गाने कम, उनके ज़रिये पैदा किया जानेवाला धन अधिक होता है।

गाँववालों की सात्त्विक जिज्ञासा देखकर ऋषि कुछ समझ नहीं सके कि उन्हें क्या कहना चाहिए। वे एक क्षण चुप रहे, फिर बोले, "दुनिया का मन किसी प्रेत की अधीनता में जाकर सब कुछ भूल गया है। यह आदमी जो मरा है, बहुत बड़ा कवि था मगर, सरस्वती का यह उजागर बेटा एक वेश्या के घर में एक प्रतिद्वन्द्वी प्रेमी के हाथों वासना की गोद में शहीद हुआ।"

गाँववाले लौटे, तब उनके मन में यह शंका उठ रही थी, "अगर यही बात है, तो फिर वेश्यागमन और व्यभिचार को पाप क्यों कहते हैं?"

और ऋषि यह सोच रहे थे कि अब जब गाँववाले यह पूछने आएँगे कि 'पाप की पूजा करनेवाले लोग समाज के माथे पर क्यों हैं?—तब मैं इस सवाल का क्या जवाब दूँगा?'

मन्दिर की वेदी

बड़ा काम करने की योग्यता छोटे काम करने से आती है।

बड़े परिणाम छोटे कारणों से निकलते हैं।

चौका लगाकर पूजा के पीढ़े पर बैठने के समय हम ऊँचाई पर चढ़ना चाहते हैं। परन्तु, एक क्षण ऊँचाई का ध्यान करने से क्या मिलनेवाला है?

मन्दिर की वेदी तो वह भी है, जहाँ बैठकर व्यापारी व्यापार करता है, चमार जूते में टाँका लगाता है और राजदूत विश्व-सम्मेलन में बैठकर बड़ी-बड़ी बातें किया करते हैं।

धर्म रविवार या मंगल का व्रत नहीं है। हम जो कुछ भी बोलते हैं, जो कुछ भी करते हैं, वह सब धर्म की अभिव्यक्ति का अवसर है और प्रत्येक अवसर पर यह प्रकट होना चाहिए कि हम धर्म से परिचालित हो रहे हैं।

धार्मिक सावधानता केवल देवालय में ही नहीं, एकान्त कक्ष में भी बरती जानी चाहिए, क्योंकि निर्जन कमरे में भी जो विचार उठते हैं, उन्हें छतें भाँप लेती हैं।

मानव-सुधार के आन्दोलन अखबारों में क्यों चलाते हो? उन्हें अपनी आत्मा के भीतर चलने दो।

जो कुछ लिखना है, अपने जीवन में लिखो; जो कुछ कहना है, अपनी श्रुतियों से कहो।

जब तुम्हारा लिखना और बोलना कम होगा, मनुष्य आप-से-आप सुधरने लगेगा।

मनुष्य के सुधार में उन कामों का सबस कम महत्त्व है, जो कोलाहल के

साथ किये जाते हैं।

पुण्य अपनी सूचना पटह पीटकर नहीं देता।

भगवान के काम में न शोर होता है, न गन्ध होती है।

गैरिक कंथा अपने जड़ाऊ वस्त्रों के ऊपर नहीं, उनके सबसे नीचे पहनो, जिससे त्वचा गेरू का स्पर्श पाती रहे।

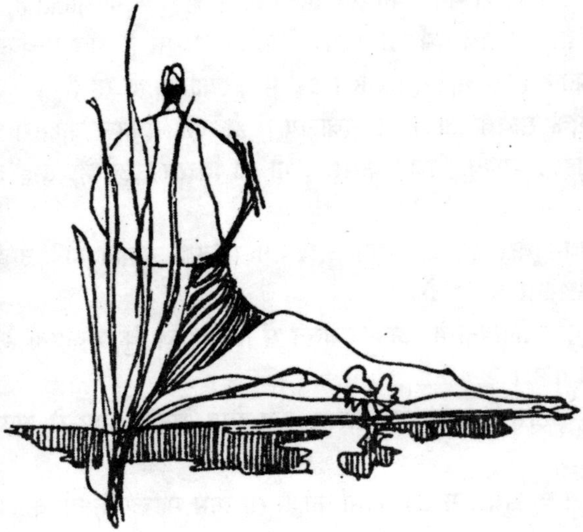

नदी के पार की आग

यंत्र-युग की अशान्ति से घबराया हुआ एक चिन्तक एक महात्मा के पास पहुँचा और बोला, "महाराज! बड़ी अशान्ति है, बड़ा ताप है, सारी दुनिया जल रही है और जल से शीतलता का लोप हो गया है।"

"तो मैं क्या करूँ?"

"कोई औषधि बताइए महाराज!"

"तो औषधि का ज्ञान क्या तुम्हें नहीं है?"

"नहीं है महाराज!"

"तो तुम भूलते हो कवि!"

"कैसे महाराज?"

"इस प्रकार कि जिसका भी हाथ आग से जल रहा है, वह जानता है कि आग से अलग हो जाने पर हाथ नहीं जलेगा। और जो भी मदिरा पीकर उद्विग्न हो रहा है, वह जानता है कि मदिरा छोड़कर वह पानी पीने लगे, तो उसकी जलन जाती रहेगी।

"और तुम जो दूसरों को इतना उपदेश देते फिरते हो, सो क्या तुम्हें यह मालूम नहीं है कि पुस्तकें, रेडियो और अखबार, ये प्रसिद्धि के वाहन हैं, शान्ति के साधन नहीं?

"हर उपदेशक जानता है कि दूसरों को वह जहाँ ले जाना चाहता है, उसे वहाँ ले जाने का सबसे सहज उपाय यह है कि पहले वह खुद उस स्थान पर पहुँच जाए।

"वह कविता फीकी है, जो कवि के पसीने से नहीं टपककर उसकी

कल्पना से आती है।"

"वे विचार भी फीके हैं, जो गढ़े-गढ़ाए उपदेशों की लड़ी बनकर आते हैं मगर, जो उपदेशक के जीवन से उस प्रकार नहीं निकलते, जैसे टहनी को चीरकर पत्ते निकलते हैं, जैसे फूलों के कोष से सौरभ निकल पड़ता है।

"तेरी कविता उस आग का बखान है, जिसे तूने नदी के इस पार से देखा है, जबकि आग नदी के उस पार जल रही थी। यदि तू उसमें स्वयं जला होता, तो तेरी चीख केवल चीख नहीं, स्वयं आग की तीखी लकीर हुई होती।

"तू औषधि माँगता है? तो औषधि तेरे पास है। जा, आज से कविता लिखने का काम लेखनी से छीनकर आचरणों के हवाले कर।"

कलाकार

आत्मा पूछती है।

और मन उत्तर देता है।

"सब काम छोड़कर तुझे कविता करने की ही क्यों सूझी?"

"कुछ ठीक ज्ञात नहीं। शायद, दूसरों की देखादेखी इस जाल में फँसा।"

"मगर, इस जाल में तो तू इतना मस्त है कि इससे निकलना तुझे जीवन से बाहर जाने के समान अप्रिय लगता है?"

"हर जाल में ऐसा ही आनन्द है।"

"तो क्या, कभी यह भी अनुभव हुआ कि जो बात तू दूसरों को सिखाना चाहता है, उसे पहले अपने-आप पर आजमाकर देख ले?"

"कई बार। पर, हर बार ऐसा लगा, मानो उन सभी बातों को मैं अपने आप पर आजमा चुका हूँ और अब ये बातें ऐसी हैं, जिन्हें सबको मान लेना चाहिए।"

"और यदि ठोस कर्म की पूछूँ? उदाहरण के लिए, क्रान्ति के गाने तो तूने इतने गाए, लेकिन क्रान्ति की आग में कभी जलने भी गया?"

"बात बनाने को कह सकता हूँ कि तन नहीं, मन जला है। मगर, सच्ची बात तो यह है कि आग लगने पर हमें बाल्टी उठाकर पानी लाने के बदले, अच्छे-अच्छे शब्दों में अग्नि-दाह का वर्णन करना ही अच्छा लगता है।"

"अरे! तो क्या, लड़ाई लगने पर भी तू लड़ना छोड़कर गीत गाता फिरेगा?"

"क्यों नहीं? लड़नेवाले लोग तो किसी के बचाव के लिए ही लड़ते हैं। तो क्या गीत वह चीज़ नहीं है, जिसकी रक्षा के लिए लड़ाई लड़ी जाए?"

बनिया और किसान

एक बनिया था, जो इस दुविधा में फँस गया कि श्रेष्ठ कौन हैं : बनिया या किसान?

वह कहता, किसान बड़ा हो या छोटा, मगर आदमी वह मज़दूर किस्म का होता है। और, यद्यपि, वह खेत में हरियाली खड़ी करके अनाज उपजा लेता है, लेकिन, बनिया अगर उसे तोल न दे, तो इस मूरख को यह पता कैसे चलेगा कि उसने कितना अनाज तैयार किया है? और यह भी तो सोचना पड़ेगा कि खुरपी और कुदाल चाहे जितने भी अच्छे यंत्र हों, मगर, तराज़ू का मुकाबला वे नहीं कर सकते। क्योंकि, हर कोई तराज़ू नहीं उठा सकता। तराज़ू तो उसी के हाथ में शोभा देगी, जिसे तोलना आता हो।

और डंडी मार-मारकर जब उसने कुछ ज़्यादा पैसे जमा कर लिये, तब अपनी इज़्ज़त का एहसास उसे और ज़ोर से होने लगा और उसने तय कर लिया कि अब से वह खेत-खलिहान में घूमकर अनाज की ढेरियाँ नहीं तोलेगा।

इससे किसानों में कुछ घबराहट-सी फैली और वे सोचने लगे कि आखिर इस बनिये को हो क्या गया है?

निदान, एक किसान ने एक दिन बनिये से पूछा, "अच्छा साहू जी, अब हम लोगों से तुम भगे-भगे क्यों फिरते हो? पैसे जमा हो गए, तो क्या खेत-खलिहान में घूमना भी पाप हो गया? और अगर हमारी अनाज की ढेरियाँ तोलने में तुम्हें शर्म आती है, तो कुछ अपनी ही खेती शुरू कर दो।"

बनिया बोला, "नहीं भाई, खेती तो अपने बूते की बात नहीं। काम तो

अब भी अपना डंडी-तराज़ू से ही चलेगा। लेकिन, जीवित किसानों का अनाज तोलना हमने छोड़ दिया है। अगर गाँव में पुराने चावल कहीं हों, तो हमें खबर देना। हम उन्हें अच्छी तरह तोल देंगे।"

ईर्ष्या

सोने की एक अच्छी-खासी मूर्ति थी, जिसे देखकर लोग अपने-आपको भूल जाते थे।

ऐसा हुआ कि एक बार मन्दिर में आग लग गई और मूर्ति पिघलकर सोने का पिंड बन गई।

दैव-योग से एक कलाकार उधर से गुज़र रहा था। उसने वह सोने का पिंड देखा और उसे उठाकर अपने घर ले गया।

साल भर जगकर उसने उस पिंड को, फिर से, किसी मूर्ति के रूप में बदल दिया और इस मूर्तिकारी में उसकी कला ऐसी चमकी कि सारा शहर उस मूर्ति को देखने को मेला लगाए रहता। लोग कहते : वाह, इस मूर्ति पर से तो आँख हटाए नहीं हटती है!

इस दूसरी मूर्ति में कारीगरी का चमत्कार पहली से भी बढ़-चढ़कर था। फर्क सिर्फ यह था कि पहली मूर्ति शंकर की थी और इस बार वह विष्णु की हो गई थी।

जब ईर्ष्या ने सुना कि कलाकार ने सारे नगर का प्रेम पा लिया है और हर कोई उसे आशीर्वाद दे रहा है, तब एक दिन वह भी दर्शकों के मेले में सम्मिलित हो गई और मूर्ति के पास जाकर बोली, "हाँ, कुछ इतनी बुरी चीज़ नहीं है। लेकिन, अगर पहली मूर्ति का सोना कलाकार को न मिला होता, तो क्या वह इस नई मूर्ति की रचना कर सकता था?"

मृत्यु

मृत्यु से भय माननेवाले प्राणियो! कभी सोचा भी है कि यदि तुम मर्त्य नहीं होते, तो तुम्हारी क्या दशा होती?

और हर खिलनेवाला फूल यदि सब दिन खिला रह जाता, तो उपवन का क्या हाल होता?

और टहनी एक ही फूल का भार ढोते-ढोते क्या ऊब नहीं जाती?

और पुराने फूलों और नये फूलों से धरती जब खचाखच भर जाती, तब तुम पाँव कहाँ धरते?

और चार दिनों के जीवन के लिए जब इतनी हाय-हाय है, तब कभी खत्म न होनेवाली ज़िन्दगी के लिए कितनी हाय-हाय होती!

मौत की कैद लगा दी है, गनीमत समझो।

एक के हाथ में मधु का प्याला और दूसरे के हाथ में नीम का रस, यह विषमता जीवन उत्पन्न करती है। मृत्यु तो सबको मृत्यु ही देती है।

आँखें बन्द करके चलनेवाली न्याय की देवी जो पंडित और मूर्ख के बीच कोई भेद नहीं मानती।

प्रजातन्त्र की असली पताका का नाम कफन है, जिस पर लिखा रहता है : 'सभी मनुष्य समान हैं।'

यम की दो आकृतियाँ हैं, जिनमें से एक तो भयावह, किन्तु दूसरी हँसमुख और प्रसन्न है।

मरन रे, तुहुँ मम श्याम-समान।
मरन रे, श्याम तोहारइ नाम।।

और यह भी कभी सोचा है कि ये इतने धर्म, ये इतने दर्शन कहाँ से आते हैं? धर्म और दर्शन, इनकी जन्मपत्री सरस्वती का नाम मृत्यु है।

धर्म और दर्शन, ये मृत्यु-रूपी विष के प्रतिविष हैं।

मृत्यु के भय से दर्शन जन्म लेता है, बुद्ध इसके प्रमाण हैं।

मृत्यु के भय से आँखें दूरदर्शिनी हो जाती हैं, संसार के सभी धर्मदूत इसके गवाह हैं।

कविता मृत्यु को भुलाने का गीत है।

नारी का मोहक रूप मृत्यु के मुख पर परदा डालता है।

मृत्यु का भय सबसे बड़ा भय है। तुम अपनी मृत्यु के लिए भी रोते हो और उनकी मृत्यु के लिए भी, जो तुम्हारे प्यारे हैं।

जन्म के पहले तुम कहाँ थे, अथवा कहीं थे भी या नहीं, इस जिज्ञासा से तुम्हें तनिक भी आकुलता नहीं होती। फिर, इस चिन्ता से क्यों मरे जाते हो कि आगे कभी होओगे या नहीं?

क्या यह यथेष्ट नहीं है कि जब तक हम हैं, मृत्यु नहीं है, और जब वह होगी, हम नहीं होंगे?

जन्म और जीवन को आकस्मिक मानते हो? तब तुम्हारा भय मानना भी ठीक है।

किन्तु, जन्म आकस्मिक नहीं है।

हम बहुत दिनों से चल रहे हैं और हर यात्रा के अन्त में एक नदी है, जिसमें डुबकी लगाकर हम श्रान्तिमुक्त हो जाते हैं।

क्या चीज़ है, जिसे स्रष्टा ने जीवन के पहले और मृत्यु के बाद छिपा रखा है?

कितने परदे उघारोगे? परदे पर परदे निकलते ही जा रहे हैं और मृत्युवाला परदा जब तक नहीं उठता, उस पार की चीज़ दिखाई नहीं देगी।

और मृत्यु क्या, सचमुच, आखिरी परदा है?

कहीं ऐसा तो नहीं है कि जिसे हम इस लोक की रात कहते हैं, वही किसी अन्य लोक का दिन हो?

क्या विचित्र लीला है! अभी तो हमारी गिनती जीवितों में है और अभी ही हमारे नाम प्रेतों की सूची में दर्ज हो सकते हैं।

सुगत! आपने ठीक कहा था कि जहाँ प्रकृति ने परदा डाल रखा है, वहाँ

परदा ही पड़ा रहने दो।

मृत्यु पर चिन्ता करना व्यर्थ है। इससे आदमी खिसककर ऐसी गहराई में चला जाता है, जिसकी थाह नहीं मिलती।

मृत्यु!

माँ बच्चे को बायें स्तन से छुड़ाकर दाहिने स्तन में लगा रही है।

मृत्यु!

दीवट पर से कोई पुराना चिराग हटाकर उस पर नया चिराग रख रहा है।

मृत्यु!

एक दृश्य खत्म हो गया। दूसरा आरम्भ करने के पूर्व मंच पर अन्धकार फैलाया जा रहा है।

अन्तिम दृश्य

[आधी रात का समय। अँधेरा साँय-साँय कर रहा है। एक दरवाज़े पर कोई खटखटाता है।]

"कौन है?"

"यह मैं हूँ। क्या तुम मुझे नहीं जानते?"

"मैं कौन? कुछ और बताओ न!"

"अरे वाह! तुम क्या मेरी कंठध्वनि भी नहीं पहचानते? मैं वह हूँ, जिसकी तुम वर्षों से प्रतीक्षा कर रहे हो। मैं वह हूँ, जो संध्या होते ही फूलों को वृन्तों पर से उतार लेता है; जो बसन्त के आने के पूर्व, वृक्षों को निष्पन्न कर डालता है और जो, समय आने पर, धरती को वह्नि से धोकर नई सृष्टि के लिए आसन बिछाता है। और कुछ पूछना व्यर्थ है। यही समझो कि मैं आ गया।"

"ओ हो, तो यह तुम हो! स्वागतम्। किन्तु, प्यारे, अपने आने की पूर्व-सूचना तो दी होती!"

"सूचना? अरे, तुम्हें मेरी पूर्व-सूचना ही न मिली? हर साँस जिसे तुम खींचते थे, मेरी पूर्व-सूचना की पंक्ति थी और हर साँस जिसे तुम छोड़ते थे, मेरी रियायत थी। किन्तु, तुमने सोचा होगा, रियायत का यह सिलसिला चलता ही जाएगा और इस भ्रम में, तुमने मेरी पूर्व-सूचना की अवज्ञा कर दी। है न यही बात?"

"मान गया भाई! मगर, बताओ, अब मुझे करना क्या होगा?"

"कुछ नहीं, कपड़े-लत्ते छोड़कर, यहाँ तक कि हाथ की कलम को भी फेंककर मेरे साथ हो जाओ।"

"कहाँ ले जाओगे मुझे?"

"बाहर आकर साथ चलो। सब मालूम हो जाएगा।"

[बाहर आता है और छाया के साथ हो जाता है।]

"अरे, यह राह तो अँधेरी है?"

"हाँ, मगर, इस पर इतने लोग जा चुके हैं कि पाँव के नीचे की मिट्टी खूब चिकनी और महीन हो गई है।"

[पटाक्षेप]

संसार का इतिहास

ईरान के एक बादशाह की कहानी है कि जब वह गद्दी पर बैठा, उसने देशभर के चुने हुए विद्वानों को बुलाकर कहा कि विश्व की जातियों का एक ऐसा इतिहास तैयार कीजिए, जिससे मुझे राज-काज चलाने में सुविधा हो, जिससे मैं यह जान सकूँ कि और देशों के राजे राज कैसे चलाते हैं और, पिछले ज़माने में, दुनिया में कैसे-कैसे राजे हुए हैं।

आज्ञा लेकर सारे विद्वान् काम करने को चले गए और जब बीस साल के बाद, वे राज-दरबार में लौटे, तब उनके साथ बारह ऊँट थे और उन पर इतिहास की छह हज़ार जिल्दें लदी हुई थीं।

राज-काज में फँसा हुआ राजा उतनी जिल्दों को देखकर घबरा उठा और उसने फिर हुक्म दिया कि जाकर इस इतिहास का संक्षिप्त रूप तैयार कीजिए।

तदनुसार, पंडित फिर पुस्तकालयों की ओर चले गए। और जब वे बीस साल बाद लौटे, बादशाह ने उन्हें फिर से वापस कर दिया, "उफ! आपने मेरा अभिप्राय नहीं समझा। जिल्दों की संख्या अभी और कम कीजिए।"

और अब तीसरी बार पंडित जब इतिहास को संक्षिप्त करके लौटे, तब उनके साथ केवल एक खच्चर था और उसकी पीठ पर किताब की सिर्फ एक जिल्द लदी हुई थी।

द्वारपाल ने कहा, "जनाब, जल्दी कीजिए, क्योंकि बादशाह अपनी अंतिम साँसें गिन रहे हैं।"

लोग पंडित को बादशाह के पास ले गए। बादशाह ने मृत्यु-शय्या पर करवट बदलते हुए उस जिल्द पर निराशा की दृष्टि डाली और वे बोले, "हाय,

अब मैं मनुष्य-जाति का इतिहास पढ़े बिना ही संसार छोड़ रहा हूँ।"

बूढ़े पंडित ने कहा, "नहीं जहाँपनाह! ऐसा नहीं हो सकता। यह किताब अभी और छोटी की जा सकती है और आपके लिए उसका निचोड़ मैं एक वाक्य में कहता हूँ कि :

सब जन्मे, सबने यातनाएँ भोगीं और सब मर गए।"

मृत्यु के बाद

जनक की राजसभा, असल में, विद्या-सभा होती थी और उसमें इहलौकिक विषयों के साथ, पारलौकिक विषयों पर भी गम्भीर विचार होते रहते थे।

एक दिन भरी सभा के बीच याज्ञवल्क्य ने महाराज जनक से पूछ लिया कि "महाराज! सारी उपनिषदें छान डालीं; सारे शास्त्र मथ डाले, किन्तु, यह पता न चला कि मरने के बाद जीव का क्या होता है। बड़ी कृपा हो, यदि आप यह बतला दें कि जन्म के पहले जीव कहाँ रहता है और मरने के बाद वह कहाँ चला जाता है?"

महाराज जनक एक दूसरी समस्या पर समाधान दे रहे थे और वह खत्म नहीं हुआ था। इसलिए, उन्होंने याज्ञवल्क्य से कहा, "अच्छा, आपके प्रश्न का उत्तर अभी थोड़ी देर में देता हूँ।"

और थोड़ी देर बाद जनकजी याज्ञवल्क्य को लेकर सभा से उठ गए और, एकान्त में जाकर उनसे कहने लगे, "ऐसे प्रश्न भी याज्ञवल्क्य! क्या सभा में किये जाते हैं? कौन जानता है कि मरने के बाद जीव का क्या होता है?"

आशा और निराशा

आदम और हौवा जब स्वर्ग से निकाले गए, तब दिन का तीसरा पहर था। कहते हैं, तब तक धरती पर केवल पहाड़, पानी, जंगल और जंगली जीव थे। कहीं भी कोई मनुष्य न था, जिससे वे बातें करते, कहीं भी कोई मकान न था, जिसमें वे आराम करते और कहीं भी कोई परिचित जीव न था, जिससे वे सहायता माँगते।

आदम और हौवा, अपने-आप में अपना दुःख बाँटते, इधर से उधर और उधर से इधर घूमते रहे। धीरे-धीरे सूर्य डूब गया और पहाड़ों के नीचे से उठकर अँधेरा सारी धरती पर छाने लगा।

आदम और हौवा स्वर्ग से आए थे। उन्होंने तब तक केवल रोशनी-ही-रोशनी देखी थी। अँधेरे से उनकी थोड़ी भी जान-पहचान न थी। वे बहुत घबराए और अपने मालिक से कहने लगे, "या खुदा! स्वर्ग तो तूने छीना ही था, अब रोशनी भी छीन ली। इस अँधेरे में अब हमारा मददगार कौन है?"

और वे रोने लगे। और दोनों ने भय से घबराकर एक-दूसरे को आलिंगन में बाँध लिया और दोनों अपनी सिसकियों के साथ अँधेरे की साँस की आवाज़ रात भर सुनते रहे।

और तब पौ फटने लगी, पक्षी चहचहाने लगे, कलियों के चटकने की आवाज़ आने लगी और पूरब का आसमान लाल हो उठा, मानो, किसी इन्द्रपरी की साड़ी स्वर्ग से उड़कर पृथ्वी के पास आ गई हो।

फिर, धीरे-धीरे सूरज निकला और उसकी किरणें कुंजों से छनकर आदम और हौवा की नग्न देह पर पड़ने लगीं, फूलों के गाल पर पड़े हुए ओस-कणों के साथ आदमी के नये जोड़े के भी आँसू पोंछने लगीं।

आदम और हौवा ने पूरब से उगते हुए सूर्य को प्रणाम किया और ईश्वर को धन्यवाद देते हुए वे बोले, “ठीक है मालिक! अब तेरा रहस्य समझा कि अँधेरा तो रात भर रहता है, मगर भोर होते ही किरणें ज़रूर आ जाती हैं।”

पत्थर के दूसरी ओर

यह कथा मोहनजोदड़ो या हड़प्पा की नहीं है। पंजाब में स्यालकोट के आसपास कहीं कोई खँडहर था, जिसमें घूमते हुए एक पुरातत्त्ववेत्ता को पत्थर की एक पाटी मिली, जिस पर बड़े ही सुन्दर अक्षरों में यह कहानी दर्ज थी :

एक जंगल था, जिसमें ढेर-की-ढेर भेड़ें रहा करती थीं। जंगल में एक साल घास खूब जमी और उसे चर-चरकर भेड़े काफी मोटी हो गईं, यहाँ तक कि मोटाई की मस्ती में उनसे ठीक से चला भी न जाता था।

और तब भेड़ों के उस जंगल में शेरों ने अपने सिर निकाले और भेड़ें दिनों-दिन कम होने लगीं।

और जब भेड़ों की संख्या बड़ी तेज़ी से घटने लगी, तब एक बूढ़ी भेड़ को यह चिन्ता हुई कि इस बर्बादी को रोकने का क्या उपाय है।

और तब एक दिन बूढ़ी भेड़ ने यह एलान किया कि भगवान ने मुझे जानवरों की दुनिया का पैग़म्बर बनाकर भेजा है, इसलिए, उचित है कि जंगली जीव मेरी बातों पर ध्यान दें, क्योंकि यह और किसी की नहीं, स्वयं परमेश्वर की बातें हैं, जो सभी जीवों में निवास करता है और जिसके सामने, एक-न-एक दिन, हम सबको अपनी करतूतों का जवाब देने जाना पड़ेगा।

और बूढ़ी भेड़ ने जंगली जीवों से यह कहना शुरू किया कि "अय खुदा के बन्दो, तुम सब एक ही ईश्वर की सन्तान हो। तुम सब एक ही देश से आए हो और मरने के बाद फिर उसी देश को वापस जाओगे। फिर, क्या यह उचित है कि तुम अपने भाइयों का खून पियो और उनका मांस नोचकर अपने बदन का वज़न बढ़ाओ और उन्हें मारकर अपना जीवन रखो, जो जीवन, आज नहीं

तो कल, मिटने ही वाला है?"

और ऐसा हुआ कि शेरों की जाति इस बूढ़ी भेड़ की बातों में आ गई और शेरों ने मांस खाना छोड़ दिया, क्योंकि मांस के लिए उन्हें जीवों का वध करना पड़ता था और जीव अब उनके अपने भाई-बन्द थे।

और घास खाकर भी शेर, थोड़े दिनों तक, काफी चहके। मगर, धीरे-धीरे उनके नाखून और दाँत कमज़ोर होने लगे और धीरे-धीरे उनके नाखून और दाँत उखड़कर गिर भी गए।

और तब एक दिन एक शेर रास्ते के किनारे बड़े आराम से लेटा हुआ था और उसका जबड़ा पोपला और पंजे नख-विहीन थे।

और, ऐसे में, एक राही उधर से गुज़रा, जो उस शेर का पुराना मुलाकाती था और उसने शेर से अचरच में आकर पूछा कि "अरे, तुम्हें यह क्या हो गया है?"

और शेर ने बड़े ही गौरव से उत्तर दिया, "मैंने सभ्यता सीखी है।"

और पत्थरों के पढ़नेवाले उस भारी विद्वान ने पाटी को इस विचार से उलटा कि देखें, उस तरफ भी कुछ लिखा है या नहीं। और अजब संयोग की बात कि पाटी की उस तरफ भी एक कहानी दर्ज थी, जो इस प्रकार थी :

यह दुनिया कई बार बनी और कई बार बर्बाद हुई है, मगर बर्बादी का कारण हर बार एक ही रहा है। इसलिए, एक बर्बादी का कारण जानना इसकी सभी बर्बादियों के कारण जानने के समान है।

और एक बार इसकी बर्बादी इस तरह हुई कि एक पंडित को लोभ हुआ कि वह मनुष्यों का नेता बने। किन्तु उसने देखा कि मानवता का शकट पर्वत की ऊँचाई पर आसानी से नहीं चढ़ता और लोग इस काम में नेता या नबी का साथ भी कम देते हैं।

और अगर गाड़ी को ढालू पर से नीचे की ओर छोड़ दें, तो गाड़ी बिना मेहनत के दौड़ती भी है और उसमें बैठनेवाले लोग तालियाँ भी खूब बजाते हैं।

इसलिए, पंडित ने पैग़म्बर का लिबास पहना और वह अपने लोगों से कहने लगा कि अय लोगो, मैं पैग़म्बर नहीं, इन्सान हूँ। मगर, जो बातें मैं बताता हूँ, वे पैग़म्बरों के भी दिमाग में न आई होंगी।

उदाहरण के लिए, पहले के पैग़म्बरों ने तुम्हें यह बताया था कि दुनिया

का हर आदमी हर दूसरे आदमी का भाई या बहन है, क्योंकि सब लोग एक ही ईश्वर की सन्तान है। मगर, मैं कहता हूँ कि इस बड़े जाल में मत फँसो, क्योंकि तुम्हारा भाई सिर्फ वही आदमी है, जो तुम्हारे मजहब या सम्प्रदाय का साथी है।

और पहले के पैग़म्बरों ने तुम्हें यह बताया था कि बड़ी मछली छोटी मछली को खा जाती है, चर अचर को खा जाता है और दो भुजावाला चार भुजावालों को खा जाता है, यह आपद्धर्म है; किन्तु, सच्चा धर्म यह है कि कोई किसी को न खाए। मगर, मैं कहता हूँ कि यह आपद्धर्म ही सच्चा धर्म है, क्योंकि ईश्वर ने जान-बूझकर कुछ को भक्षक और कुछ को भक्ष्य बनाकर भेजा है।

और जो नियम छोटी और बड़ी मछली के बीच चलता है, तुम्हें भी उसी नियम का पालन करना चाहिए। और तुम्हारा गौरव बड़ी मछली बनने में है, जो छोटी मछलियों को खा जाती है; बाज़ बनने में है, जो कबूतर की गरदन के लहू पर जीता है; शेर बनने में हैं, जो हिरन से लेकर हाथी तक का शिकार एक समान करता है।

और याद रखो कि हिंसा और प्रेम वह जाल है, जिसे फेंककर कबूतर बाज़ को और हिरन शेर को फँसाया करते हैं और प्रेम के जाल से बचने का उपाय यह है कि बाज़ अपनी आँखों को लाल और छुरी को तेज़ रखे।

और जो प्रेम की मार से बचना चाहते हैं, उन्हें चाहिए कि वे डैने फैलाकर पड़ोसियों पर, अकारण भी, झपटते रहें, क्योंकि झपट्टों से सहमकर प्रेम का अंकुर फिर मिट्टी के नीचे चला जाता है।

और दुनिया में शान से जीने के लिए प्रेम नहीं, घृणा का प्राचुर्य चाहिए; अहिंसा नहीं, हिंसा की ताकत चाहिए।

इसलिए, तुम्हारा नेता वह नहीं है, जो तुम्हें और तुम्हारी महफिल को फैलाकर विश्व-मानवता की महफिल में ले जाता है, बल्कि वह, जो तुम्हें तुम्हारी अपनी ही महफिल तक सीमित रखता है और तुम्हें इस योग्य बनाता है कि तुम दुनिया की महफिल पर अपना हुक्म चला सको।

और हुक्म चलाने की बात लोगों को इतनी अच्छी लगी कि उनमें से हरएक शेर और बाज़ बनने की कोशिश करने लगा। और हरएक ने अपनी आँखों को लाल और अपने दाँतों और नाखूनों को तेज़ कर लिया। और हर एक ने अपने डैनों में आरी की धार बाँध ली।

मगर, शेर और बाज़ कुछ दूसरे दलों में भी थे और वे गर्जन का जवाब दूने गर्जन से और झपट्टों का जवाब दूने झपट्टों से देने लगे। और ऐसा हुआ कि दुनिया में जितने भी शेर और बाज़ थे, वे आपस में एक-दूसरे से गुँथ गए।

फिर जब बाकी लोगों ने देखा कि अब शेर और बाज़ बने बिना गुज़ारा नहीं है, तब वे भी चोटी से उतर आए और उन्होंने भी अपने बघनखे पहन लिये, जिन्हें वे नफरत से उतार चुके थे।

और इस प्रकार, शेर-शेर और बाज़-बाज़ की लड़ाई में दुनिया बर्बाद हो गई और अहिंसा तथा प्रेम, किनारे खड़े, टुकुर-टुकुर ताकते रहे।

पराजय

सारे नगर में शोर था कि लड़ाई खत्म हो गई और हमारे राजा आनन्द से उछलती हुई फौज के आगे-आगे नगर को वापस आ रहे हैं।

घर-घर आनन्द के बाजे बजने लगे। द्वार-द्वार पर बन्दनवार टँग गए और चौक-चौक पर अल्पना सजाई जाने लगी। और नगर भर के स्त्री और पुरुष धराऊ कपड़े पहनकर, बड़े ही ठाठ-बाट से राजमहल की ओर चल पड़े।

और राजा जब राजमहल में आए, तब चारों से जय-जयकार गूँज उठा। बन्दीजन विजय-गीत गाने लगे और कविगण कहने लगे कि ऐसी लड़ाई धरती पर कभी नहीं हुई थी और वैसी वीरता भी आज तक किसी ने नहीं दिखाई, जैसी वीरता हमारे राजा ने दिखाई है।

राजा के मुख पर आनन्द का पूरा प्रकाश था। किन्तु, उनकी आँखें अब भी अतृप्त थीं, मानो वे कह रही हों, अभी और जय-जयकार करो, अभी कल्पना की रस्सी कुछ और तानी जाए कि अगला इतिहास हमें याद करने को विवश रहे।

मंत्री, कवि, पंडित, सभासद और सरदार—राजा की प्रशंसा में सबके बीच होड़ मची हुई थी कि प्रत्येक यह चाहता था कि इस होड़ में वह बाकी सबसे आगे निकल जाए।

और संयोग की बात कि राजमहल के बाहर एक संत भी रहता था। जब उससे यह जनोल्लास नहीं देखा गया, तब वह भी लाठी टेकता हुआ राजमहल में आ पहुँचा और 'कल्याणमस्तु' कहकर राजा से बोला, "तो श्रीमान्! तुमने विजय प्राप्त कर ली?"

"हाँ, महाराज!"

"तो यह विजय किसने किस पर पाई है राजन्?"

"क्यों, हमने हमारे शत्रु पर महाराज!"

"तो तुम अपने शत्रुओं को पहचानते हो राजन्?"

"निस्सन्देह महाराज! उन्हें तो आप भी जानते हैं—वही, जो हमारे राज्य की सीमा के ठीक उस पार बसते हैं।"

"नहीं राजन्! तुम भूलते हो। शत्रु सीमा के पार नहीं, उसके भीतर बसते हैं और आज तुम उनसे जीतकर नहीं, बल्कि हारकर लौटे हो।"

और इतना कहकर संत अपनी कुटिया में वापस चला गया।

और कवि सोचने लगा, 'तो क्या मेरी कविता झूठी है?'

और राजा को लगा, 'कहीं यह संत मेरे सुयश से जलता तो नहीं है?'

और भीड़ कहकहा लगाने लगी कि "बाबाजी पूरा बेवकूफ है।"

फूल की आरी

आदमी जिस आसानी से फूलों से चीरा जा सकता है, उस आसानी से वह लोहे से चीरा नहीं जा सकता।

और दान देने से आदमी की जितनी वृद्धि होती है, संग्रह से उतनी नहीं हो पाती।

और क्रोध जिस दरवाज़े को नहीं खोल सकता, प्रेम से वह दरवाजा आप-से-आप खुल जाता है।

और दान देने पर भी जो आदमी कंगाल रह गया है, उसके बारे में यह सोचो कि दान देते समय वह देने को कम, बचा रखने को अधिक व्याकुल रहा होगा।

और दान में हीरा-मोती, ज़मीन, जायदाद—सब कुछ दिया जा सकता है। किन्तु असली दान अपने अंहकार का दान है, जो दानी को पूर्ण रूप से निःस्व बना देता है।

और जो निःस्व हो गया, वही पूर्ण होगा।

जिसका क्रोध उतर गया, उसे लड़ने को कोई शत्रु नहीं मिलेगा। एक राजा था, जिसकी बहुत बड़ी सेना थी। और उस सेना को लेकर उसने दूसरे राजा की राजधानी को घेर लिया।

और घेरा डालने पर भी उसे सफलता नहीं मिली, क्योंकि किले के भीतर के लोग आत्मरक्षा के लिए प्राणपण से लड़ रहे थे और उनका निश्चय था कि हम एक-एक करके भले ही कट जाएँ, किन्तु शत्रु के सामने मस्तक नहीं झुकाएँगे।

और तब ऐसा हुआ कि अचानक भूकम्प आ गया और सारा किला ध्वस्त-विनष्ट हो गया और सैकड़ों लोग मलबे के नीचे दबकर मर गए।

और अपने शत्रुओं की विपन्नता देखकर आक्रामक राजा की छाती फट गई और उसने आज्ञा निकाली कि तम्बू और कनात उखाड़ दिये जाएँ। हम आज ही अपनी राजधानी को वापस जाएँगे।

और राजा के सेनापति ने कहा, "यह भी कोई बात है? यह तो विजय पाने का अनुकूल अवसर भगवान ने ही भेजा है। चलिए, किले के भीतर चलकर हम शत्रु की राजधानी पर अधिकार करें।"

परन्तु, राजा कब माननेवाला था? वह बोला, "सेनापति! क्या बीमार आदमी से भी कोई कुश्ती लड़ता है? यदि ऐसा ही है, तो चलो, ये किले की दीवारें दुरुस्त करके फिर से लड़ने योग्य हो जाएँ, तब हम एक बार और आएँगे।"

और यह समाचार जब विपन्न राजा ने सुना, उसका हृदय दान के जल से भर गया और किले से बाहर आकर वह बोला, "भाई राजा! यदि तुम इतनी दूर जा सकते हो, तो लो, यह किला मैं तुम्हें अभी दिये देता हूँ। तम्बू और कनात उखाड़कर भीतर चले आओ। इस राजधानी से ऊपर एक और राजधानी है, जो आकाश में अवस्थित है। और तुम जब वहाँ पहुँच गए, तब मैं क्या वहाँ नहीं जा सकता?"

किन्तु धर्मोदय होने पर कौन राजधानी माँगे और कौन उसे ले?

आक्रामक राजा विपन्न राजा से मैत्री करके वापस लौट गया।

निर्माता और विजेता

एक पिता के दो बेटे थे। बड़ा लड़का ऊधमी, साहसी, खिलाड़ी और उद्दंड था। छोटा लड़का शान्त, सुशील और चिन्तनशील था। जब छोटा लड़का रामायण पढ़ता रहता, तब बड़े लड़के को हनुमान की याद आ जाती और वह चारों ओर कूदता फिरता। जब छोटा लड़का समुद्र की शोभा देखते-देखते विभोर हो जाता, तब बड़ा लड़का उसके कान में 'हू' कहकर उसे जगा देता और फिर किलकारियाँ मारकर नाचने लगता।

एक दिन पिता बैठा कोई पुस्तक पढ़ रहा था और छोटा लड़का पास ही बैठकर ताश के पत्तों से महल बना रहा था और, सदा की भाँति, बड़ा लड़का बन्दर की तरह इधर-उधर कूद रहा था।

कूदते-कूदते उसकी बुद्धि में एक बात आई और उसने अपने पिता के पास जाकर पूछा कि "पिताजी, ऐसा क्यों है कि इतिहास में कुछ राजाओं को निर्माता और कुछ को विजेता कहकर पुकारते हैं? क्या इन दोनों में कोई बड़ा भेद है?"

पिता सोच रहा था कि बच्चे की इस शंका का समाधान क्या कहकर किया जाए कि इतने में छोटा लड़का चिल्ला उठा, "पिताजी, यह देखिए, मैंने दूसरा महल भी तैयार कर लिया।"

छोटे लड़के का चिल्लाना था कि बड़ा लड़का उस महल पर कूद पड़ा और जो चीज़ इतनी देर की मेहनत से तैयार हुई थी, वह एक क्षण में बर्बाद हो गई।

और छोटा लड़का रोने लगा और बड़ा लड़का मारे खुशी के नाचने लगा।

इस पर पिता ने बड़े लड़के से कहा, "देखा बेटा! यह तेरा छोटा भाई निर्माता है और तू विजेता।"

वीर

जो वीर हैं, वे हिंसक नहीं होते।

जो उत्तम योद्धा हैं, उन्हें क्रोध नहीं आता।

सबसे बड़ा विजेता वह है, जो छोटी-छोटी बातों के लिए तलवार नहीं उठाता है।

और सच्चा ज्ञानी वह है, बहस के समय, जिसकी आँखें लाल नहीं हो जाती हैं।

और सिपाहियों में संत वह है, जो शत्रुओं का शिरश्च्छेद करते समय इस बात का खयाल रखता है कि तलवार कहीं उसकी अपनी आत्मा पर तो नहीं चल रही है।

हजरत अली एक ईश्वर-द्रोही से युद्ध कर रहे थे। आखिर को वह दुश्मन नीचे गिरा और अली उसकी छाती पर चढ़ बैठे और तलवार से वे उसकी गरदन काटने ही वाले थे कि उसने अली के मुख पर थूक दिया। उसका थूकना था कि अली उसकी छाती पर से उतरकर अलग खड़े हो गए और तलवार उन्होंने म्यान के भीतर कर ली।

हारे हुए व्यक्ति ने पूछा, "तुमने मुझे छोड़ क्यों दिया?"

अली बोले, "मारना मैं तुझे ईश्वर-द्रोह के कारण चाहता था। किन्तु, जब तूने मेरे मुख पर थूक दिया, मुझे गुस्सा आ गया यानी इस ईश्वरार्पित कर्म में मेरी अपनी वासना सम्मिलित हो गई। इसलिए, आज तुझे नहीं मारूँगा। क्योंकि मैं तुझे यदि मार दूँ, तो मेरी आत्मा मुझसे सवाल करेगी, 'अली! तूने इसे ईश्वर-द्रोह के कारण मारा है या अपनी अखज़ उतारने के लिए? और इस सवाल का जवाब मैं नहीं दे सकूँगा।'

विश्वपालक

एक किसान के दरवाज़े पर एक घंटे के भीतर, तीन ओर से, तीन व्यक्ति आ जुटे और तीनों के तीनों चौपाल में बैठकर सुस्ताने लगे। उनमें एक था कवि, एक था साधु और तीसरा वह मनुष्य था, जिसे नेता कहते हैं। जेठ का महीना और दोपहरी की लू है। तीनों धूप से घबराकर एक ही जगह आन जुटे थे।

बातों-बातों में कवि ने अपनी पीड़ा कहनी आरम्भ की, "देश में जीवन क्या आए खाक? यहाँ तो कविता की ही कद्र नहीं है। चाहे लम्बी लिखो या छोटी, जनता के लिए सारी कविताएँ, बस, एक समान हैं। भैंस के आगे बीन बजाओ, भैंस बैठ पगुराय।"

वेदना की टीस साधु के हृदय में भी उठी। वह कहने लगा, "शहरी लोग नास्तिक हो गए हैं। और ये देहाती भी अब धर्म से परहेज करने लगे हैं। जप-तप, दान-पुण्य सब मिट्टी में मिल गए। लोग रात-दिन हाय-हाय किये फिरते हैं। साधु-सेवा से देश की शोभा थी। अब वह भी बन्द है। शिव! शिव! इन संसारी जीवों का उद्धार कैसे होगा?"

और दो सुरों को सुनकर नेता ने भी अपना सुर छेड़ दिया, "क्या कहा जाए? हमारी जनता सोई की सोई पड़ी है। सरकार चाहे जितना भी करे, लेकिन जनता नहीं चेतती। वह समझती है, हम सब-के-सब बेईमान हैं और उसे धोखा दे रहे हैं। और यहाँ यह हाल है कि पहले भी बर्बादी झेली और आज भी बर्बादी झेल रहे हैं। जनता हमारी जड़ है।"

इतने में नेता ने पुकारा, "अरे कोई है? इस घर का मालिक कहाँ गया?"

और तब गांधीजी की मूर्ति की आड़ से एक लड़की बोली, "वहाँ, जहाँ पसीनों से अन्न के पौधे पटाए जाते हैं, वह अन्न जिसे खाकर कवि कवि, नेता नेता और साधु साधु है।"

यमराज का साला

लगभग राजसी लिबास पहने एक भिखारी किसी गृहस्थ के दरवाज़े पर पहुँचा और, जैसे आतंक जमानेवाले भिखमंगे ज़रा रोबीली आवाज़ में बोलते हैं, उसी आवाज़ में बोला, "है कोई धर्म की बेटी! जो मुझ परलोक से आए हुए यात्री को दो रोटियाँ खिलाए?"

गृहिणी ने बाहर आकर देखा, तो भिखारी के राजसी लिबास को देखकर वह दंग रह गई। आखिर, सहमते-सहमते उसने पूछा, "कौन हैं आप महाराज? आप तो राजा मालूम होते हैं!"

भिखारी बोला, "राजा या जो समझो बेटी, किन्तु मैं यमराज का साला हूँ और अभी-अभी परलोक से आ रहा हूँ।"

"परलोक से?" गृहिणी चमत्कृत होकर भिखारी के पाँव पर गिर पड़ी और बोली, "धन्य हैं महाराज! तभी आप देवता के समान दिखाई देते हैं। तो महाराज! मेरे माता-पिता को तो आपने परलोक में देखा होगा? कहिए, वे सुख से तो हैं?"

भिखारी ने गृहिणी की ओर आँख गड़ाकर देखा और दुःख की साँस खींचकर वह कहने लगा, "हाय, तुम्हारे माता-पिता? सुख से वे खाक रहेंगे। वे तो बहुत दुखी है। उन्हें जाड़े के कपड़े नहीं हैं और पकवान तो उन्होंने वर्षों से नहीं खाया है।"

गृहिणी कातर हो उठी, बोली, "महाराज, कुछ चीज़ें दूँ तो उनके लिए आप ले जाएँगे क्या? बड़ा उपकार मानूँगी।"

भिक्षुक ने कहा, "ले तो जाऊँगा, किन्तु वैतरणी नदी पर जो मल्लाह रहता

है, वह बड़ा चंट है। सौ रुपए लिये बिना मृत्यु-लोक की चीज़ों के साथ वह मुझे पार थोड़े ही करेगा।"

गृहिणी मारे आनन्द के उछल पड़ी। बोली, "तो सौ रुपयों की क्या बिसात है? मैं अभी प्रबन्ध किये लेती हूँ।"

गृहिणी ने भिखारी के आगे बढ़िया भोजन परोस दिया और स्वयं माता-पिता को भेजने के लिए उपहार सँजोने लगी। घर में खाने और पहनने की जितनी अच्छी चीज़ें थीं, उसने सबको बटोरकर अच्छी-खासी गठरी में बाँध दिया और सौ रुपयों के साथ वह गठरी भिखारी के हवाले कर दी।

भिखारी के चले जाने पर गृहपति बाहर से घर लौटा और पत्नी से यमराज के साले की कहानी सुनकर बहुत नाराज़ हुआ। बोला, "तू भी अजब सीधी औरत है। कहीं यमराज के भी साले होते हैं और मरे हुओं को भी कहीं उपहार भेजा जाता है? देख तो, मैं उस यमराज के साले की अभी क्या दुर्दशा करता हूँ।"

इतना कहकर ज्योंही वह घर से बाहर जाने लगा कि उसकी पत्नी ने दही-चूड़े की थाली परोसकर उसके सामने रख दी और वह बोली, "आज भोर भी तुम भूखे ही बाहर चले गए थे और अब फिर बाहर जा रहे हो। न जाने, लौटने में कितना समय लग जाए! सो, दो कौर खाते ही जाओ।"

गृहपति ने भी जल्दी-जल्दी दो-चार ग्रास भीतर ठूँस लिये और वह यमराज के साले को पकड़ने के लिए तुरन्त बाहर निकल गया।

सौभाग्य से, गाँव के बाहर पहुँचते ही वह भिखारी उसे मिल गया। गृहपति क्रोध में तो था ही, बोला, "अबे ओ यमराज के साले! मेरे घर से जो कुछ ठगकर लाया है, उसे अभी तुरन्त मेरे सामने रख दे, नहीं तो इसी लाठी से तेरी कपाल-क्रिया कर दूँगा।"

भिखारी ज़रा आँख मूँदकर बोला, "हूँ, चूड़ा-दही खाकर चला है। मगर क्या चूड़ा-दही खाकर यमराज के साले से झंझट करना ज़रूरी काम है?"

इतना सुनना था कि गृहपति के हाथ-पाँव फूल गए। वह गिड़गिड़ाकर बोला, "धन्य हो महाराज! तुम अन्तर्यामी हो और, अवश्य ही, नाते में यमराज के तुम कुछ लगते होगे। मुझसे भूल हो गई। मुझे क्षमा करो प्रभो।"

भिखारी बोला, "क्षमा तो कर दूँगा। किन्तु, वैसे नहीं। यमराज के सम्बन्धियों से कैसे बर्ताव करना चाहिए, यह शिक्षा देने के लिए मैं तुम पर सौ रुपयों का जुर्माना ठोकता हूँ। ला, जुर्माने के रुपये चुका और अपनी राह लग।"

गृहपति बेचारा जुर्माना चुकाकर घर लौट आया और अपनी पत्नी से बोला, "वह ज़रूर कोई दूत-भूत रहा होगा। जाते ही उसने कह दिया कि तू चूड़ा-दही खाकर आया है।"

गृहिणी, मानो, आकाश से गिरी। बोली, "अरे हाय! तब तो मैं लुट गई। चूड़ा-दही का प्रमाण तो तुम्हारी मूँछों में लगा हुआ है। लो यह रुमाल और जूठन पोंछ लो।"

गृहपति था पूरा मर्द। उसने ज़ोर का ठहाका लगाया और रूमाल से मुँह पोंछते-पोंछते बोला, "धत्तेरे की! सौ रुपये तुम्हारी मूर्खता के और सौ रुपये मेरी मूर्खता के दाम रहे।"

तेज़ औज़ार का भय

चीन से आए हुए महात्मा से जब हम लोग मिलने गए, उन्होंने यह कहानी सुनाई।

अब तो खेती और किसानी के भी कल-पुर्ज़े काफी निकल आए हैं और उनका चलन भी काफी हो गया है, किन्तु, मैं पिछली सदी की बात करता हूँ, जब दुनिया इतनी नहीं बदली थी। एक दिन मैं अपने गुरु के साथ पर्यटन करता हुआ किसी देहात से जा रहा था कि एक जगह देखा कि एक किसान बाल्टी में पानी भर-भरकर अपना खेत सींच रहा है। पानी ढोते-ढोते बेचारा बेदम हो रहा था, मगर मिट्टी ठीक से तर नहीं हो पा रही थी। एक बाल्टी पानी डालकर जब तक वह दूसरी बाल्टी लाए कि मिट्टी सूख जाती थी।

उसकी परेशानी देखकर गुरुजी ने कहा, "क्यों प्यारे! पानी पटाने का एक यंत्र क्यों नहीं ले लेते कि जितनी मेहनत से तुम धूर भर खेत नहीं पटा पा रहे हो, उतनी मेहनत से पाँच कट्ठा ज़मीन पट जाए? अभी तो यही दिखाई देता है कि तुम जितना परिश्रम कर रहे हो, उसका शतांश फल भी तुम्हें नहीं मिल रहा है।"

किसान ने पूछा, "यह यंत्र क्या चीज़ होती है महाराज?"

गुरुजी ने कहा, "कुछ नहीं। मेरा अभिप्राय काठ के एक औज़ार से है, जो पीछे की ओर भारी और आगे की ओर हल्का होता है और उससे पानी ऐसे चलता है मानो झरना फूट रहा हो! इस औज़ार का नाम ढेकी है।"

सुझाव सुनकर किसान इस भाव से हँसा, मानो, उसे फँसाने को किसी ने जाल फेंका हो और वह जाल से बेदाग बच गया हो! फिर हँसते-हँसते ही उसने कहा, "रहने भी दो महाराज! मैं इस धोखे में नहीं आने का। अपने गुरु

का उपदेश मुझे बिलकुल याद है।

"जिसका औज़ार सीधा नहीं, उसका व्यवहार सीधा नहीं। जिसके व्यवहार में चालाकी है, जानो, उसके दिल में भी चालाकी होगी। और जिसके दिल में चालाकी है, वह पवित्र नहीं हो सकता। और जिसका हृदय अपवित्र है, उसका जीवन अशान्त रहता है। और जिसका जीवन अशान्त है, कैसे कहा जाए कि वह धर्म पर आरूढ़ है? मुझे ये सारी बातें मालूम हैं महाराज! तेज़ी और चालाकी के औज़ारों का इस्तेमाल करूँ, तो मुझे शर्म से गड़ जाना चाहिए।"

किसान की बात सुनते ही मेरे गुरु का चेहरा उतर गया और हम चुप-चुप ही वहाँ से चलते बने। गुरुजी इतने गम्भीर हो गए कि तीन मील तक तो मेरी हिम्मत ही नहीं हुई कि उनसे कुछ पूछूँ। किन्तु, अन्त में मैंने उनसे पूछ ही दिया, "क्या बात है महाराज, कि आप इस तरह गम्भीर हो गए?"

गुरु बोले, "बात तो बहुत भारी है। आज तक मैं यही मानता था कि मनुष्यों में सबसे बड़े ज्ञानी कनफ्यूसियस हुए हैं, मगर इस किसान को देखकर ऐसा मालूम होता है कि कनफ्यूसियस के समान ज्ञानी और भी हैं, जिन्हें हम नहीं जानते। देखा इस अपढ़ किसान को, कैसा दृढ़ है अपने विचार में? सचमुच ही सफलता, उपयोगिता और होशियारी आने से आदमी अपनी हार्दिकता खो बैठता है। मगर, यह किसान है, जो अपनी इच्छा के विरुद्ध कुछ भी करने को, कहीं भी जाने को तैयार नहीं है। अपने-आपमें पक्का स्वामी! निन्दा और स्तुति से सर्वथा अलिप्त! यह तो सन्यासियों का भी गुरु हो सकता है।"

सपनों का सपना

महात्मा चाङ्‌वुस से एक शिष्य ने पूछा, "महाराज! महात्मा कनफ्यूसियस को एक बार मैंने यह कहते सुना कि सन्त सांसारिक बातों का खयाल नहीं करते। वे न तो लाभ खोजते हैं, न उन्हें हानि से भय होता है। लोगों से वे किसी भी वस्तु की आशा नहीं रखते, न वे नीति-अनीति के नियमों का ही कड़ाई से पालन करते हैं। वे कभी तो बिना बोले ही बहुत कुछ कह जाते हैं और कभी बहुत कुछ बोलकर भी कोई बात नहीं कह पाते। वे संसार में भी घूमते हैं और कभी उसकी सीमा के पार भी चले जाते हैं। किन्तु, कनफ्यूसियस ने यह भी कहा कि अच्छी हों या बुरी, संतों की ये सारी बातें व्यर्थ हैं। अब मेरी समझ में नहीं आता कि कनफ्यूसियस का इसमें क्या आशय था।"

महात्मा चाङ्‌वुस बोले, "आशय मैं कुछ-कुछ समझता हूँ, किन्तु वह भाषा कहाँ है, जिसमें ठीक से उसे व्यक्त कर सकूँ? फिर भी, जल अथाह हो, तब भी मल्लाह उसमें लग्गी डालता ही है, भले ही पूरी गहराई का उसे ज्ञान न हो सके। और थाह नहीं मिलती, यह क्या कोई ज्ञान नहीं है? तो मैं भी गहराई की नाप लग्गी से करता हूँ और जो कुछ कहता हूँ, उसे तू सुन। मगर, इतना ध्यान देकर मत सुन कि बातें तुझ पर भारी हो जाएँ और जो कुछ तू जान सकता है, वह इस चिन्ता से धुँधला रह जाए कि जानी हुई बात तो इतनी गम्भीर है, न जाने, अज्ञान की गहराई कितनी होगी।

"जो संत हैं, वे सूर्य-चन्द्रमा के पास बैठते हैं और सारी सृष्टि को अपनी मुट्‌ठी में बन्द पाते हैं। मुट्‌ठी में बन्द कैसे पाते हैं? संसार में जो परस्पर-विरोधी बातें हैं, दुनिया में जो इतना उलट-फेर है, वह सब संत की दृष्टि में समाधान

पा जाता है। पूर्वापर सम्बन्धों का ज्ञान साधारण ज्ञान है। संत तो हज़ारों वर्ष के इतिहास को एक क्षण में सिमटा देखते हैं।

"अब यही देख कि लोग जीना चाहते हैं। किन्तु वे मृत्यु से डरते क्यों हैं? स्पष्ट ही, ये वह अबोध बालक हैं, जो घर से बाहर निकलते ही घर की राह भूल गया और अब घर ले जानेवाली राह को भी शंका से देखता है।

"एक सपने में देखता है कि वह भोज में मिठाई खा रहा है, किन्तु जगने पर पाता है कि उसके बाल-बच्चे, वैसे ही तड़प रहे हैं, जैसे वे सोने के पूर्व तड़प रहे थे। और दूसरा देखता है कि वह भूख से मरा जा रहा है, लेकिन जगने पर वह अपने घर को धन-धान्य से पूर्ण पाता है। मगर जब तक वह स्वप्न देखता है, उसे यह पता नहीं चलता कि यह स्वप्न है।

"स्वप्न कितना लम्बा होता है और सत्य से वह कैसा अभिन्न है?

"और केवल अज्ञानी ही यह दावा कर सकता है कि मैं जगा हुआ हूँ और जो कुछ देख रहा हूँ, वह सत्य है।

"यह राजा है और वह मज़दूर, यह कितनी भ्रामक पहचान है। फिर भी, राजा राजा और मज़दूर मज़दूर समझा जाता है।

"कनफ्यूसियस और तू, दोनों स्वप्न हैं। और मैं जो तुम्हारे सामने हूँ, वह क्या स्वप्न से भिन्न है?

"ये विरोधी बातें हैं, न सुलझाई जानेवाली उलझनें हैं। इनकी ग्रन्थि खोलनेवाला सन्त कल जनमेगा। मगर वह कल क्या हज़ारों पीढ़ियों के पहले आनेवाला है? फिर भी, सम्भव है, वह संत तुझे यहाँ से जाते ही कहीं सड़क पर मिल जाए।

"और मान ले कि मैं और तू बहस कर रहे हैं, और बहस में मैं हार गया, तो इससे यह कैसे समझा जा सकता है कि मैं गलत और तू ठीक है? और मान ले कि मैं जीत गया, तो इससे भी यह कैसे कहा जा सकता है कि मैं ठीक और तू गलत है?

"सत्य क्या है और असत्य क्या है, इसे मानने का कोई निश्चित आधार नहीं है। जो बात निश्चितता से कही जा सकती है, वह यही है कि हम सब-के-सब अँधेरे में घूम रहे हैं।

"एक दिन मैंने स्वप्न देखा कि मैं तितली हूँ और फूल-फूल पर मस्ती से घूम रहा हूँ। और विश्वास कर कि मैं तितली ही बन गया था। और तब मैं जगा

और मुझे यह ज्ञान हुआ कि मैं तितली नहीं, चाङ्वुस हूँ। मगर, अब इसका समाधान क्या हो कि यह चाङ्वुस तितली बन गया था या वह तितली अभी चाङ्वुस बनी हुई है?

"मनुष्य और तितली में भेद तो है, किन्तु, इस भेद को पकड़ने की कोई राह नहीं सूझती। पाप और पुण्य के बीच विभाजन करने का कोई मार्ग दिखाई नहीं देता।

"तो भाई मेरे, पाप और पुण्य के पचड़े को छोड़। 'पाप-पुण्य दोउ बेरी, इक सोना, इक लोहा केरी'। और कौन कह सकता है कि सोने और लोहे में जो भेद है, वह स्वप्न नहीं है?

"तो स्वप्न की सत्ता से ऊपर उठ और समय की चेतना को लुप्त हो जाने दे। और निस्सीमता के बीच कहीं वह कुंज पकड़ ले, जहाँ तू सबसे टूटकर विश्राम कर सकता है।"

रूठी हुई आत्माएँ

संसार में बहुत-सी आत्माएँ हैं, जो संसार से रूठकर अलग बैठी हुई हैं। सम्भव है, प्रत्येक युग में ऐसा होता हो और प्रत्येक युग में कुछ आत्माएँ उस युग से रूठकर अलग बैठने में सुख मानती हों!

किन्तु, ये आत्माएँ कौन होती हैं? क्या रूठकर वे युग की धारा से छिन्न होकर पीछे रह जाती हैं या अगले जीवन पर भी उनका कुछ प्रभाव पड़ता है?

वर्तमान अतीत के उदर से जन्म लेता है और भविष्य से एकाकार होकर वह जीता ही चला जाता है। तो इन रूठी हुई आत्माओं के पास जो पूँजी है, वह क्या ऐसी वस्तु है, जो केवल अतीत की है और वर्तमान और भविष्यत, उससे बिलकुल अछूते हैं?

वर्तमान युग से रूठी हुई ऐसी एक आत्मा अभी उस दिन एक गाँव में मिली। गाँव के लोग उसे बिलटू बाबा कहते हैं।

बिलटू बाबा कौन हैं, कहाँ के हैं, यह कोई नहीं जानत। किसी ने यह बात कभी उनसे पूछी ही नहीं, मानो ये प्रश्न बिलकुल निरर्थक हों! हाँ, सारे गाँव में वे सर्वज्ञ समझे जाते हैं और लोग किसी ऐसे विषय की कल्पना नहीं कर सकते, जो बिलटू बाबा की जानकारी से बाहर का विषय समझा जाए।

और बिलटू बाबा गैरिक वस्त्र नहीं पहनते, न उनके लम्बी-लम्बी दाढ़ी या मूँछें ही हैं।

आत्मा का बस चले, तो वह किसी ऐसे शरीर में प्रवेश ही न करे, जो उसके प्रतिकूल है।

और लोग गाँव में विवशता से भले ही रहते हों, किन्तु बिलटू बाबा वहाँ

बड़े प्रेम से रहते हैं, मानो आत्मा को अनुकूल शरीर प्राप्त हो गया हो!

एक दिन मैंने बिलटू बाबा से पूछा, "बाबा! आपके सहधर्मी यानी ज्ञानी लोग तो नगर में रहते हैं। आप यहाँ देहात की धूल में क्या कर रहे हैं?"

बाबा ज़रा चुप हो गए। फिर बोले, " शहर और देहात में कोई भेद नहीं है। और मैं शहर से देहात को, यों भी, कुछ श्रेष्ठ नहीं समझता। मगर शहर में रेडियो, अखबार और भोंपू का इतना शोर है कि वहाँ मुझसे रहा नहीं जाता।"

मैंने कहा, "मगर अब तो ये चीज़ें देहातों में भी पहुँच रही है!"

बाबा बोले, "हाँ, यही विपत्ति की बात है। लेकिन वे जब तक यहाँ कुहराम मचाने लायक होंगी, तब तक वो शान्ति का देवता मुझे अपनी गोद में उठा लेगा। और देवता ने तब तक यदि नहीं बुलाया, तो उस समय गाँव से भी भागकर मैं वन में रहने लगूँगा।"

मुझे अपनी कविता की पंक्तियाँ याद आईं :

धर्मराज! क्या यती भागता कभी गेह या वन से?
सदा भागता फिरता है वह एकमात्र जीवन से।

इसलिए, मैंने कहा, "बाबा! शहरों में हम लोग रूठी हुई आत्माओं की बातें करते हैं यानी वे आत्माएँ, जो पुरातनता को कलेजे से चिपकाए नवीनता से नाराज़ रहती हैं। कहीं आप उन्हीं आत्माओं में से एक तो नहीं है?"

बाबा बोले, "कौन बताएगा कि कौन किससे रूठा है? यदि मैं अतीत हूँ, तो घर मेरा है और बच्चे मुझसे रूठकर अलग भाग रहे हैं। यह दुर्भाग्य की बात है। मगर यह भी दुर्भाग्य ही है, यदि बच्चों के घर में बाप के लिए स्थान न हो।

"और मेरे कलेजे में क्या है, सो तुम्हें बताऊँ?

"एक समय दुनिया अन्धकार से पीड़ित थी। आज वह प्रकाश से बेचैन है। और प्रकाश की फुनगी पर चढ़कर तुमने प्राप्त क्या किया है? क्या अब तुम्हारे भीतर सवाल नहीं उठते? अथवा क्या सभी सवालों के जवाब तुम्हें मालूम हैं? और क्या तुम यह कह सकते हो कि जो जवाब तुमने, फरमूलों के बल पर, लिख रखे हैं, वे सवालों के पूरे जवाब हैं?

"यदि नहीं, तो फिर वह अन्धकार ही क्या बुरा था?

"और तुममें से हर एक चाहता है कि उसके आँगन में समृद्धि का एक विशाल वृक्ष खड़ा हो जाए। तो क्या, एक चिड़िया एक टहनी से अधिक पर अपना घोंसला बनाती है?"

"और तुम चाहे सारा सरोवर ही अपने द्वार पर ले आओ, मगर, पानी तो गिलास भर ही पिओगे।

"और अखबारों तथा किताबों का अंबार दिखाकर मुझे धोखे में मत डालो। ज्ञान उदार होता है, बुद्धि झगड़े पैदा करती है। ज्ञान मौन होता है, बुद्धि बक-बक करती है।

"नि:शब्दता में कोई पीड़ा नहीं होती। पीड़ा तब फैलती है, जब मनुष्य वैखरी अवस्था में आता है।

"और मेरे हृदय में जो छिपा हुआ है, वह नश्वर नहीं, अविनश्वर है। रेडियो, अखबार और भोंपू—ये आकाश को निरर्थक कोलाहल से भर रहे हैं। किन्तु, आकाश फिर नि:शब्द होगा और, नि:शब्दता के आने पर, मेरे स्वप्न फिर बाहर आएँगे, चाहे वे मेरे भीतर से बाहर आएँ, या मेरे बाद आनेवाले मेरे आत्म-बन्धुओं के हृदय से।

"अभी तो पुण्य पिघलकर यशैषणा और ज्ञान जमकर वितंडावाद बन गया है।

"पहले के ऋषियों ने कहा था, सबसे ऊपर की कोशिश मत करो। नम्बर एक बनने की चेष्टा से जो धुआँ छूटता है, वह संसार के मन को काला कर देता है। किन्तु वह ज्ञान पीछे छूट गया। अब जिसके पास भी कोई रथ है, उसे वह सबसे आगे निकाल लेना चाहता है। और इस दौड़ में सारी दुनिया धूल से भर गई है। देखते नहीं, सुयश की खोज में कितने लोग अपने बन्धुओं को कुचलते जा रहे हैं? और तब भी, इस सुयश को तुम प्रणाम करते हो।

"जिनके पास करने लायक कोई काम नहीं है, जीभ और कलम चलाकर दुनिया में कोलाहल भरने की बात उन्हें ही अच्छी लगती है। मगर जो रागों से संघर्ष करते हैं, उन्हें लिखने और बोलने का अवकाश नहीं रहता और जो सफल हो चुके हैं, वे मौन हैं।

"मेरे मन के भीतर जो दुनिया बसी हुई है, वह न तो अन्धकार से काली, न प्रकाश से बेचैन है। वह गोधूलि की दुनिया है, जो उतना ही जानना चाहती है, जितने ज्ञान से आत्मा के सरोवर में तूफान नहीं आता। इस दुनिया की मान्यता है कि जीवन के उत्स पर मैटर नहीं, स्पिरिट का संस्थान है।"

मन का पाप

एक व्यक्ति के कुछ रुपये खो गए और वह सोचने लगा—हो-न-हो, किसी ने रुपये चुरा लिये हैं। उसने बहुत सोचा कि रुपये कौन ले सकता है, किन्तु किसी पर भी सन्देह करने का उसे सुयोग दिखलाई न दिया।

निदान, मन मारे वह बैठा हुआ था कि उसके सामने से पड़ोसी का लड़का गुज़रा और वह उसे बड़े ध्यान से देखने लगा और जितने ही ध्यान से वह उसे देखता, उतना ही उसे मालूम होता कि यही चोर है और इसी ने मेरे रुपये चुराए हैं। उसने साफ-साफ देखा, उसकी चाल-ढाल चोर की है, उसकी आकृति चोर की है, उसकी भँवें गिरी हुई हैं, जो चोरी छिपाने की कोशिश है और चोरी छिपाने को ही वह संजीदगी से चल रहा है।

इतने में, उसकी बेटी घर से दौड़ी हुई आई और बोली, "बाबूजी, रुपये तो बाक्स के नीचे पड़े थे। शायद, तुम्हीं ने रखे होंगे और पीछे तुम भूल गए। ये रहे वे रुपये।"

बूढ़ा रुपये पाकर मारे खुशी के उछल पड़ा।

पड़ोसी का लड़का अब भी सामने से जा रहा था। बूढ़े ने फिर उसे बड़े गौर से देखा। मगर, अब न तो उसकी चाल-ढाल चोर की-सी थी, न उसकी आकृति से ही चोरी टपकती थी।

खंडन का सुख

एक शिष्य ने अपने गुरु से पूछा, "महाराज, साधक के लिए सबसे बड़ा आनन्द क्या है?"

गुरु ने बताया, "अद्वैत का चिन्तन और निरंजन का ध्यान।"

परन्तु शिष्य को इससे पूरा सन्तोष नहीं हुआ। अतएव उसने फिर पूछा, "महाराज, आप जो बतला रहे हैं, वह तो अद्वैतानुभूति का आनन्द है। किन्तु मैं तो अद्वैत के आनन्द से भी बड़े आनन्द की बात पूछ रहा था।"

गुरु ने शिष्य का भाव समझकर कहा, "बेटा, अद्वैत के आनन्द से बड़ा आनन्द तो बस द्वैत के खंडन में है।"

और शिष्य इस उत्तर से बहुत प्रसन्न हुआ।

सुकरात का मकान

कहते हैं, सुकरात की भी एक बार यह इच्छा हुई कि एक मकान बनाए और मित्रों के साथ उसमें निवास करें। निदान, उन्होंने एक मकान की नींव डाल दी। मगर, जो भी उधर से गुज़रता, उसके ओठ बिदक जाते।

"हुँह, मकान बहुत छोटा होगा।"

आखिर एक दिन एक आदमी ने सुकरात से पूछ लिया, "क्यों महाराज! आपका नाम इतना बड़ा और मकान इतना छोटा! आखिर बात क्या है?"

सुकरात बोले, "मेरे भोले भाई! तुझे तो यह मकान छोटा दिखाई देता है और मुझे इसकी आशा ही नहीं दीखती कि मैं इसे सच्चे मित्रों से भर सकूँगा।"

साहसी माता

गरुड़ की मादा अपने अंडे ऊँची चोटी पर दिया करती है।

एक दिन एक किसान की स्त्री ने मादा गरुड़ से कहा, "क्यों बहन, अपने बच्चों को पर्वत की चोटी पर जना करती हो? कहीं कोई लुढ़क गया, तो उसकी हड्डी-पसली तक न मिलेगी। और पहाड़ों पर धूप भी तो बहुत तेज़ होती होगी।"

मादा गरुड़ बोली, "बहन, हमारे वंश में जटायु-संपाती जैसे वीर हुए हैं, जिन्होंने सूर्य के रथ से होड़ बदी थी। यदि अभी से अपने बच्चों को ऊँचाई का पाठ न पढ़ाऊँ, तो ये क्या सूर्य के पास पहुँचने की कभी हिम्मत भी करेंगे?"

घोड़ा और ऊँट

घोड़े पर एक दिन दुर्मति सवार हुई और वह भागा-भागा ब्रह्मा के पास पहुँचा और कहने लगा, "हे सृष्टि के स्वामी! आपने बड़े ही आनन्द में आकर मेरा निर्माण किया। आपने अपने हाथ से मेरी देह पोंछी, अपने हाथ से मेरे अयाल सजाए और अपने हाथ से मेरी कजरारी आँखें सँवार दीं। ज़रूर आपने मुझे जीवों में सबसे सुन्दर बनाना चाहा होगा और, मुझे लगता है, जीवों में सबसे सुन्दर मैं हूँ भी। फिर भी, कोई-कोई अभाव मुझे खटकता रहता है और मैं चाहता हूँ कि उन्हें आप दूर कर दें।"

ब्रह्मा बोले, "कहे जाओ, अगर, सचमुच, कोई अभाव है, तो मैं उसे दूर कर दूँगा।"

घोड़ा कहने लगा, "और कुछ नहीं, अगर मेरी ये टाँगें ज़रा और लम्बी और पतली होतीं, तो दौड़ने में मेरी फुर्ती बहुत बढ़ जाती। और अगर मेरी यह गरदन हंसनुमा और ऊँची होती, तो उससे मेरी खूबसूरती को और भी चार चाँद लग जाते। और मेरी छाती अगर कुछ ज़्यादा चौड़ी और पुष्ट होती, तो मुझमें ताकत भी खूब आ जाती। और जब आपकी यह कृपा है कि आपक प्यारा बेटा आदमी रोज़ मुझ पर सवारी किया करे और रोज़ मुझ पर जीन कसा करे, तो फिर, यही क्यों न हो कि जीन मेरे शरीर पर स्थायी अंश बन जाए?"

ब्रह्मा ने एवमस्तु कहकर मिट्टी में कुछ मसाले मिलाए और सृजन का मन्त्र पढ़कर उसे फूँक दिया। फिर क्या था? पलक मारते घोड़े के सामने विशालकाय और भयानक जानवर ऊँट खड़ा हो गया और घोड़ा उसके भय के मारे भागने लगा।

ब्रह्मा ने कहा, "अब भागता क्यों है? देखता नहीं, इसकी टाँगें तेरी टाँगों से ज़्यादा लम्बी और ज़्यादा पतली हैं, इसकी गरदन भी हंसनुमा और लम्बी है और इसकी छाती भी काफी बड़ी और मज़बूत है और इसकी पीठ में जीन भी लगी हुई है? यह तो ठीक तेरा वही रूप है, जिसका तूने सपना देखा था।"

मगर, भय के मारे घोड़े के तो नथुने फड़फड़ा रहे थे और उसका कोई भी पाँव अचल नहीं था।

घोड़े ने घबराकर कहा, "बाबा, मुझे मेरी गलती के लिए माफ करो। मैं जैसा हूँ, वैसा ही ठीक हूँ और आज जो अक्ल सीखी है, उसे ज़िन्दगी भर नहीं भूलूँगा। मगर मुझे तो अब यहाँ से जाने ही दो, क्योंकि इस जानवर को देखकर मैं तुम्हारी उपस्थिति में भी भय से मरा जा रह हूँ।"

ब्रह्मा बोले, "तू तो खैर जा सकता है, मगर यह जीव आज से सृष्टि में कायम रहेगा और जहाँ-जहाँ तू इसे देखेगा, वहाँ-वहाँ तू बिदकता फिरेगा, क्योंकि यह तेरी वह कल्पना है, जिसे तूने अति लोभ में देखा था।"

ऊँचाई के गीत

लवा जब आकाश में उड़कर गाने लगती है, तब न तो उसका रूप दिखाई देता है, न उसकी आवाज़ सुनाई पड़ती है।

इसलिए, एक रोज़ एक कोयल ने एक लवा से पूछा, "तो बहन, तुम इसीलिए इतना ऊँचा चढ़कर गाती हो कि किसी को तुम्हारी आवाज़ सुनाई न पड़े?"

लवा ने कहा, "हाँ, बहन, यह बात मैंने उन कवियों से सीखी है, जो मनुष्य की पहुँच से परे होते हैं और जिनकी प्रशंसा का कारण ही यह होता है कि लोग उन्हें समझ नहीं पाते।"

कौआ और बाज़

कोयल का गीत सुनकर एक बाज़ के मुँह में पानी भर आया। "उफ, जिसकी आवाज़ इतनी सुरीली है, उसका मांस कितना मीठा होगा?"

बाज़ के मन की बात जानकर ज्ञानी पक्षी कौए को हँसी आ गई और उसने कहा, "बाज़, तो हीरे और लाल भी तो खाने में नर्म और मज़ेदार होंगे, क्योंकि देखने में वे बड़े खूबसूरत होते हैं।"

बाज़ अपनी बेवकूफी पर झेंप गया और बोला, "नहीं मित्र, भ्रम मुझे इस कारण हुआ कि तुम्हारा यह आदमी नामक जीव अपने मित्र से कह रहा था कि अमुक कवयित्री की कविता जब इतनी अच्छी होती है, तब उसका रूप कितना सुन्दर होगा?"

चाँद और सूरज

कहते हैं, चाँद और सूरज किसी समय समान थे। चाँद में शीतलता और सूर्य में गर्मी तो तब भी थी, किन्तु आकार में दोनों में कोई भेद न था, न चाँद को उस समय घटने-बढ़ने का ही रोग था।

तब चाँद ने विधाता से एक दिन शिकायत की कि "महाराज! यह भी कोई बात है कि एक ही आकाश में दो नक्षत्र बिलकुल समान आकार में रहें और राज करें? क्या यह सम्भव नहीं है कि हममें से एक कुछ छोटा कर दिया जाए?"

चाँद को आशा थी कि सूर्य को विधाता कुछ छोटा कर देंगे, जिससे चाँद आकाश का बड़ा राजा समझा जा सके।

किन्तु, विधाता ने कहा, "ठीक कहता है तू चाँद! एक राज्य में दो राजे बराबर बल के तो नहीं रह सकते। इसलिए, आ, मैं तुझे कुछ छोटा कर दूँ कि सूर्य का शासन असंदिग्ध हो जाए।"

और तब से चाँद छोटा और सूर्य बड़ा हो गया और तभी से चाँद घटता-बढ़ता भी है।

शासन और राजनीति

चीन देश से आए हुए किसी महात्मा से एक जिज्ञासु ने पूछा, "महाराज! राजनीति को क्या हो गया है कि वह दिन-दिन सुरसा के समान अपना रूप-विस्तार किये जा रही है? और जानते हैं महाराज, वह कहती क्या है? कहती है, जनता का कल्याण उसी मात्रा में होगा, जिस मात्रा में वह हमारे पंजों की अधीनता स्वीकार करेगी और अपने अधिकार शासन को सौंप देगी, क्योंकि शासन जनता की सामूहिक इच्छा का नाम है, उसकी सम्मिलित शक्ति सत्ता है।"

महात्मा ने प्रश्न सुना और 'हूँ' कहकर वे ज़रा गम्भीर हो गए। फिर बोले, "प्राचीन और नवीन ज्ञान में कुछ फर्क आ गया है, या यों कहो कि फर्क कुछ भी नहीं है। अग्नि में दाहकता और विष में मारकता होती है, यह बात तो बहुत पुरानी है, किन्तु प्रत्येक युग में लोग उसकी परीक्षा करते ही रहते हैं। वही बात राजनीति की भी है। अन्यथा मैं तो यही समझता हूँ कि सरकार वही अच्छी होगी, जो ज़रा आलसी हो और आलसी नहीं, तो हमारे घर-आँगन से ज़रा दूर हो।

सबसे अच्छे राजे वे हैं, जिनके बारे में जनता केवल यह सुनती है कि वे जीवित हैं और उनका राज चल रहा है।

तब वे राजे हैं, जनता जिनकी प्रशंसा करती है और तालियाँ बजाकर उनका हौसला बढ़ाती है।

उनसे भी निकृष्ट राजे वे हैं, जनता जिनसे भय खाती है।

और सबसे निकृष्ट राजे वे हैं, जनता जिनकी निन्दा करती है।

जब सरकार आलसी होती है, अधिकारी जनता को कष्ट नहीं देते।

जब अधिकारी दुष्ट होते हैं, सरकार जनता के लिए शाप बन जाती है।

दुष्ट अधिकारियों को राह पर लाने के लिए सरकार यदि हिले-डुले तो ठीक है, किन्तु अधिकारियों को सुधार कर उसे फिर से आलसी बन जाना चाहिए।

सरकार जितनी ही तेज़-तर्रार होती है, जनता में असन्तोष भी उतना ही अधिक हो जाता है।

निषेध जितने अधिक होंगे, जनता की शान्ति उतनी ही कम होती जाएगी।

शस्त्रों की तीक्ष्णता जितनी बढ़ेगी, देश में कोलाहल भी उतना ही तेज़ होता जाएगा।

और कानून जितना ही ज़्यादा बनाओगे, चोरों की संख्या भी उतनी ही बढ़ती जाएगी।

जनता का हृदय सहज ही स्वच्छ और द्रवणशील होता है। उसके साथ हस्तक्षेप न करना ही योग्य है। हस्तक्षेप करोगे तो हृदय या तो दबकर नीचे चला जाएगा या खलबलाकर बाहर आना चाहेगा। और इन दो में से कोई भी अवस्था ठीक नहीं है।

कानून का दबाव और सज़ा की धमकी, इन दोनों औज़ारों को हाथ से गिर जाने दो।

क्या तुम्हारे पास ऐसे कोई उपाय नहीं हैं, जिनसे कानून और सज़ा, इनका खयाल ही जाता रहे?

तो सुनो, मैं तुम्हें उपाय बतलाता हूँ।

जनता का चरित्र धान के पौधों का चरित्र और राजा का चरित्र पवन का चरित्र है। पवन जिधर को जाता है, धान के पौधे उसी ओर को झुक जाते हैं।

इसलिए, जनता से तुम जिस आचरण की आशा रखते हो, अपना आचरण तुम वैसा ही बना लो।

यदि शासक स्वयं सदाचारी है, तो जनता को सदाचार के मार्ग पर लाने के लिए उसे हुक्मनामे निकालने की ज़रूरत नहीं होगी।

यदि राजा को रुपये का लोभ नहीं है, तो लोग पैसे चुराना छोड़ देंगे, चाहे चोरी के लिए उन्हें दंड के बदले पुरस्कार ही क्यों न दिये जाएँ।

जनता उतनी जड़ नहीं होती, जितनी राजे उसे समझना चाहते हैं। कौन तृण खाएँ और कौन न खाएँ, इतनी बात तो गउएँ भी समझती हैं।

जिनका काम मनुष्यों को सँभालना है, उसे चाहिए कि सबसे पहले वह अपने-आपको सबके अधीन कर दे।

सरकारों में सबसे श्रेष्ठ वह है, जो व्यक्तियों को आत्मानुशासन का पाठ पढ़ाती है।

जो दूसरों का विश्वास नहीं करता, दूसरे भी उसका विश्वास नहीं करेंगे।

राजा बने बिना राज करना, कोड़ा उठाए बिना हुक्म चलाना और अपने मस्तक मुकुट सबके मस्तक पर रख देना, यह वानप्रस्थी राज है।

सभी अच्छे राजे वानप्रस्थी होते हैं।

करों की आय यदि अधिकारी न खा जाएँ, तो जनता कभी भूखों मर सकती है?

और राज करनेवाले लोग यदि वानप्रस्थी हों, तो जनता अनुशासन को भंग क्यों करेगी?

और हर छोटी बात पर तुम बन्दूक लेकर क्यों दौड़ते हो?

सड़क पर कोलाहल उठे, तो राजा को भी महल छोड़कर सड़क पर आ जाना चाहिए और कहना चाहिए कि लोगो! यह लो अपना राज। हम बन्दूक तब तक न चलाएँगे, जब तक तुम यह न कहोगे कि राजा! हमें मारो, क्योंकि मारे बिना हम नहीं सँभलेंगे।

अच्छा शासक जनता की निन्दा नहीं करता, न रोज़-रोज़ उसकी कमज़ोरियों के बखिए ही उधेड़ता है।

और अधिकारी जहाँ चोर नहीं होते, वहाँ जनता सुखी होती है। और जिस राज में सुख है, उस राज को छोड़ने की बात किसी को भी नहीं भाती। लोभी अधिकारी नरभक्षी बाघों से भी विकराल होते हैं।

एक सुशासक के राज में एक गाँव था, जो जंगल के पास पड़ता था और बाघ जब-तब जंगल से निकलकर आते और एकाध मनुष्य को चट कर जाते थे।

तब एक व्यक्ति ने गाँववालों को राय दी, क्यों नहीं यहाँ से उखड़कर पहाड़ के पार जा बसते? वहाँ तो बाघों का कोई भय नहीं है। गाँववालों ने कहा, "अरे, कहते क्या हो? वहाँ के तो अफसर ही बाघ हैं। न जाने, किस घर से किसको उठा ले जाएँ! ना भाई, हम यहाँ से नहीं जाएँगे, क्योंकि हम यहाँ सुशासन में हैं।'

मगर, अच्छी सरकारें किताबों से नहीं बनतीं, वे अच्छे आदमियों से बनती है। इसलिए, राजा के लिए योग्य है कि वह पंडित से अधिक सदाचारी मन्त्रियों की खोज करे।

किसने कितना पढ़ा है, यह गौण विषय है। मुख्य बात तो यही हो सकती

है कि कौन अच्छा भाई, कौन अच्छा मित्र, कौन अच्छा पिता और कौन अच्छा पति रहा है।

जो अच्छे भाई, अच्छे मित्र, अच्छे पिता या अच्छे पति रहे हैं, वे ही अच्छे मंत्री भी हो सकते हैं।

जो अपने परिजन और पड़ोसी की ओर सेवा-भाव से प्रेरित नहीं है, वह मंत्री बनकर देश की ओर भी सेवा-भाव से प्रेरित नहीं होगा।

छोटे दिल का आदमी मंत्री हो, इससे जनता के काम नष्ट होते हैं। जब तक उसे गद्दी नहीं मिलती, वह उसे पाने की घात में रहता है और जब उसे गद्दी मिल जाती है, तब वह इस चिन्ता से ग्रस्त हो जाता है कि गद्दी कहीं उसके हाथ से निकल न जाए

और जिसके भीतर गद्दी की चिन्ता समा गई, वह कौन पाप करेगा और कौन नहीं, यह नहीं कहा जा सकता।

ढीठ औरतें और छोटे मर्द, ये दोनों ही विकट होते हैं। यदि उन्हें पास बिठाओगे, तो वे इसका अनुचित लाभ उठाएँगे। और यदि दूर रखोगे, तो वे नाराज़ हो जाएँगे। इसलिए, अच्छा शासक इनमें से किसी को भी पास फटकने नहीं देता।

धनी होकर निरहंकार होना आसान है, किन्तु गरीब होकर कटु न होना अत्यन्त कठिन है। इसलिए, अच्छा राजा गरीबों के आक्रोश से क्रुद्ध नहीं होता। वह उसे निःस्व ब्राह्मण की स्वाभाविक भाषा समझकर उसका आदर करता है।

हर सुखी परिवार की नींव में परिवार के किसी वानप्रस्थी सदस्य की लाश गाड़ी जाती है।

देश भी सुखी तभी होता है, जब उसके राजे और मंत्री वानप्रस्थ को अपना धर्म समझते हैं।

सज्जन धन का व्यय करके अपने व्यक्तित्व का विकास करते हैं। अयोग्य लोग व्यक्तित्व का नाश करके धन की वृद्धि करते हैं।

और जब राज करनेवाले लोग धन के लोभ में पड़ जाते हैं, तब उनसे राजा के शील का पालन नहीं हो पाता। तब अधम अधिकारियों की बन आती है और जब अधम अधिकारी आदर पाने लगते हैं, तब उत्तम अधिकारी निराश हो जाते हैं और उत्तम अधिकारियों की निराशा से जनता में असन्तोष फैलता है।

तो क्या, ऐसे समय जनता को तुम मारोगे?

मगर, उसे क्यों नहीं मारते, जो राजगद्दी पर बैठकर लोभ की दासता

करता है और अधम अधिकारियों से मित्रता करके उत्तम अधिकारियों को निराश और जनता को असन्तुष्ट बनाता है?

शिक्षा में शिक्षक, नाटक में अभिनेता और शासन में मंत्री की अपनी योग्यता और चरित्र ही प्रधान है। जब शिक्षक, अभिनेता और मंत्री अयोग्य होते हैं, तब शिक्षा, नाटक और शासन का सर्वनाश हो जाता है।

सरकार की योग्यता उसमें लगे हुए व्यक्तियों की अपनी योग्यता के सिवा और हो भी क्या सकती है?

जैसी प्रजा, वैसा राजा, यह मत कहो। इस प्रकार तो यह भी कहा जा सकता है कि मछली वैसी ही होती है, जैसा जल होता है। फिर भी, मछलियाँ जब सड़ने लगती हैं, तब पहले उनका मस्तक ही सड़ता है।

और सुधार होना है, तो पहले कौन सुधरेगा? सूर्य को देखकर तारे चलेंगे या तारों को देखकर सूर्य?

हर घर पर पुलिस का पहरा हो या राज्य में शान्ति, यह वह राज्य है, जिस पर यमराज शासन करता है।

पुलिस कहीं दिखाई नहीं देती और राज्य अपने-आप चलता है, तो यह वह राज्य है, जिस पर शासन स्वयं भगवान का चलता है।

सारी दुनिया भगवान की है। यदि तुम भगवान के निश्छल प्रतिनिधि नहीं बन सकते, तो तुम्हें राज छोड़ देना चाहिए।

भगवान जनता को प्यार करते हैं। इस प्यार का माध्यम तुम बनो।

जनता जिसे प्यार करती है, असल में, वह भगवान का प्यारा पुत्र है। जनता जिसे सिर झुकाती है, असल में आदर उसे भगवान दे रहे हैं।

जो तुमसे अधिक योग्य हैं, उनका आदर करना, यह न्याय-बुद्धि की सबसे बड़ी पहचान है। देश के योग्य व्यक्तियों का आदर नहीं हो, तो जनता राजा के विरुद्ध हो जाती है। इसलिए, जहाँ जनता सिर झुकाती है, वहाँ तुम्हें भी झुकना चाहिए।

ज्ञान की जिज्ञासा बुद्धिमानी का चिह्न है, आत्म-सुधार की बेचैनी पुण्य का प्रमाण और लज्जित होने की योग्यता साहस की पहली किरण है। ये तीन गुण जिसमें हैं, वह अच्छा शासक बन सकता है।"

रचनाकार-कथा

बिहार राज्य, मुंगेर (अब बेगूसराय] ज़िला, गाँव सिमरिया—मिथिलांचल का प्रसिद्ध तीर्थ, उसी के सामान्य-से काश्तकार बाबू रवि सिंहजी के घर दूसरे बेटे का जन्म हुआ, 23 सितम्बर, 1908 ई. को; नाम पड़ा रामधारी सिंह।

ढाई ही वर्ष के थे ये रामधारी सिंह, कि पिताजी चल बसे। विधवा माँ करने लगीं बच्चों का लालन-पालन, परिवार का संचालन—सहयोग मिला कुछ हितैषी कुटुम्बी-जन का।

परिस्थिति ठीक विपरीत—और पढ़ाई का चाव प्राणों बसा। गाँव से लोअर प्राइमरी कर, मिडिल तक पढ़ने 4 कि. मी. रोज़ चलकर बारो। फिर मैट्रिक तक प्रतिदिन 15 कि. मी. चलकर मोकामा। सन् 1928 में मैट्रिक। तब गाँव छूटा। पटना विश्वविद्यालय के पटना कॉलेज में इतिहास में प्रतिष्ठा सहित बी. ए.। इतना होते-होते 1932 ई. व्यतीत।

यूँ तो पढ़ने का चाव अन्तिम क्षण तक वैसा ही रहा, पर 1932 ई. के बाद आगे पढ़ने की व्यवस्था के अभाव में नौकरियों की खोज, क्योंकि परिवार के बोझ। पहली नौकरी बरबीघा हाई स्कूल के प्रधानाध्यापक पद पर, 1933-34 ई., फिर निबन्धन विभाग के अवर निबन्धक के रूप में 1934 से 1942 तक। 1943 से 1945 ई. तक सांग पब्लिसिटी ऑफ़िसर; फिर जनसम्पर्क विभाग के उपनिदेशक पद पर, 1947 से 1950 तक। इसके बाद मुज़फ्फरपुर के लंगट सिंह कॉलेज में हिन्दी प्राध्यापक, 1950 से 52 तक।

स्वतन्त्रता मिली और पहली संसद् गठित होने लगी तो अपने प्रेरक कवित्व के कारण कांग्रेस की ओर से निर्वाचित होकर राज्य सभा के सदस्य-

रूप में 1952 से 1963 तक। 1963 से 1965 ई. तक भागलपुर विश्वविद्यालय के उपकुलपति। अन्ततः 1965 से 1972 तक भारत सरकार के गृहविभाग में हिन्दी सलाहकार।

24 अप्रैल 1974 को, रात्रि में, तिरुपति में भगवान् व्यंकटेश्वर के दर्शन से लौटकर, मद्रास में शरीर त्याग!

श्री रामधारी सिंह के दिनकर-तत्त्व को पोषित-पल्लवित किया तुलसीजी के 'रामचरित्रमानस' तथा मैथिलीशरण गुप्त एवं माखनलाल चतुर्वेदी की कवितओं ने। उसके बाद उनके मन पर जिनकी छाप पड़ी और जिनसे उन्होंने प्रेरणा ग्रहण की, वे घटनाएँ और व्यक्तित्व हैं—अपने देश का स्वतन्त्रता-संग्राम, विश्वस्तर पर स्वातन्त्र-कामियों के संघर्ष, गांधीजी के कार्य और विचार, स्वामी विवेकानन्दजी, राजा राममोहन रायजी, दयानन्द सरस्वती, श्रीमती एनी बेसेन्ट; दो-दो विश्वयुद्ध और उनके कारण विचार-जगत् और साहित्य-लोक के संघर्ष विवाद;—उनके लगभग पाँच हज़ार पृष्ठों में प्रकाशित वाङ्मय में इन सबकी अनुगूँज स्पष्ट रेखांकित की जा सकती है।

कवित्व के धरातल पर रविबाबू, इक़बाल और नज़रुल इस्लाम से उन्होंने गहरी प्रेरणा ली। इन्हीं के आधार पर भारत जैसे महान राष्ट्र के पाँचवें असली राष्ट्रकवि वे सिद्ध हुए। ['राष्ट्रकवि' कहते किसे हैं इसका विवरण कृपा अन्त में देखें।] उन्हें राष्ट्रीयता का उद्घोषक और क्रान्ति का उद्गाता तो सभी ने माना। उनकी 'रेणुका', 'हुँकार', 'सामधेनी' आदि की कविताएँ स्वतन्त्रता-सेनानियों के लिए बड़ी प्रेरक सिद्ध हुईं : इसी रूप में उन्हें सबसे अधिक लोकप्रियता मिली। लेकिन उनका दूसरा—अधिक मानवीय पक्ष इससे छिप भी गया।

किन्तु कोमल भावनाओं की जो क्षीण धारा 'रेणुका' में प्रकट हुई थी, 'रसवन्ती' से सुविकसित होकर 'उर्वशी' के रूप में भुवनमोहिनी सिद्ध हुई। कहते हैं कि 'उर्वशी' हिन्दी साहित्य का गौरव-ग्रन्थ है!

राष्ट्रप्रेम और राष्ट्रीय स्वाभिमान का सबसे ज्वलंत रूप प्रकट हुआ है उनकी सुविख्यात लम्बी कविता 'परशुराम की प्रतीक्षा' में। युद्ध और शान्ति की समस्या का द्वन्द्व तो 'कुरुक्षेत्र' में व्यक्त होकर सुप्रतिष्ठित हो ही चुका है।

उनका गहन अध्ययन एवं सुगम्भीर चिन्तन मार्मिक अभिव्यक्ति पा सका

है अधिकतर उनकी गद्य में। गद्य के अप्रतिम शैलीकार के रूप में उन्होंने वैयक्तिक निबन्ध, साहित्यिक आलोचना, बोध-कथाएँ, संस्मरण, यात्रा-विवरण—सभी कुछ लिखकर अपनी विलक्षण प्रतिभा से हिन्दी साहित्य को समृद्धतर किया है।

'संस्कृति के चार अध्याय' नामक विशाल ग्रन्थ उनकी गहन गवेषणा, सूक्ष्म अन्वेषण, भारतीय संस्कृति के उद्दाम प्रेम का विशिष्ट उपहार तो है ही, उनकी विलक्षण क्षमताओं का अत्यन्त सजीव प्रमाण भी है।

मानवता के प्रति प्रतिबद्धता, दलितों-दुखियों की दुर्दशा पर उत्साहपूर्ण रोष, गहन भारत-प्रेम और भारत-धर्म की परिपूर्णतम अभिव्यक्ति उनके साहित्य के सुन्दरतम लक्षण है।

उनकी सर्वप्रथम प्रकाशित रचना 'बारदोली विजय' थी जो रीवाँ (मध्य प्रदेश] की 'छात्र-सहोदर' नामक पत्रिका में आई थी। सन् 1929 ई. में पुस्तक रूप में 'प्रणभंग' शीर्षक खंड-काव्य प्रकाशित हुआ था। अन्तिम कविता-संग्रह था 'हारे को हरिनाम' शीर्षक, जो 1971 में प्रकाशित हुआ। गद्य-पद्य मिलाकर उनकी कुल रचनाएँ लगभग पचास हैं।

अनेक देश-विदेशी भाषाओं में उनकी कविताएँ अनूदित हो चुकी है। उनकी बाल-कविताओं और अन्य फुटकर काव्य-रचनाओं का रूसी अनुवाद बहुचर्चित एवं सुप्रशंसित हो चुका है।

साहित्य अकादमी और ज्ञानपीठ पुरस्कारों से सम्मानित तथा 'पद्मभूषण' की उपाधि से अलंकृत दिनकरजी भारतीय काव्य-गगन के एक देदीप्यमान नक्षत्र हैं।

‘राष्ट्रकवि’ की पहचान

किसी भी देश का सच्चा राष्ट्रीय कवि कौन हो सकता है? गेटे ने कहा है कि राष्ट्रकवि उसे कहना चाहिए जिसने—(1] अपनी जाति के **इतिहास की सभी** प्रमुख घटनाओं के पारस्परिक सम्बन्धों का सन्धान पा लिया है। (2] जिसे यह ज्ञात हो चुका है कि उसके जातीय इतिहास में कौन-कौन बड़ी घटनाएँ घटी हैं। (3] उनके परिणाम क्या निकले हैं? (4] राष्ट्रकवि की एक पहचान यह भी है कि उसे अपने देशवासियों के भीतर निहित **महत्ता का ज्ञान** होता है। (5] अपनी जाति की **गहरी अनुभूतियों से परिचय** होता है। (6] उसे इस बात का पता होता है कि उसकी जाति की **कर्मठता का प्रेरणास्रोत** क्या है। **[राष्ट्रकवि का एक लक्षण** यह भी है कि] (7] उसकी जाति **जिस उमंग** से चालित होकर सम्पूर्ण इतिहास में काम करती आई है, उसे वह **कलात्मक ढंग से अभिव्यक्त** करे। **[राष्ट्रकवि** केवल वह **कवि** हो सकता है] (8] जिसकी रचना में **जाति अपनी आत्मा की प्रतिच्छाया देखती हो।** (9] जिसमें उस जाति के **बाहुबल का आख्यान** हो। (10] उसके विचारों की ज्योति, (11] **और भावनाओं का** गुंजन विद्यमान हो और **कोरे कवि** जातीय कवि होने का दावा कर भी नहीं सकते [जातीय कवि तो वे ही लोग होते हैं-—जिनमें] (12] **कल्पना** के साथ (13] **कर्मठता को भी प्रेरित** करने की शक्ति है। (14] जो **केवल** अतीत की आराधना **नहीं** करके अपने व्यक्तित्व के ज़ोर से (15] **भविष्य** को **भी** प्रभावित करते हैं। **[राष्ट्रकवि** वह वैनतेय (= गरुड़] है] जो (16] **बहुत ऊँचाई** पर उड़ता है—(17] जिसकी **एक**

पाँख तो अतीत को समेटे रहती है किन्तु जो (18] अपनी **दूसरी पाँख से भविष्य की ओर संकेत** करता है।

[**वट-पीपल**; पृष्ठ 58-59; जनवरी, '51]

(19] [**राष्ट्रकवि** उसे कहना चाहिए जो] अपने देश की प्रत्येक संस्कृति को **अपने में समो लेता है।** (20] जो देश के प्रत्येक **वर्ग** का अपने को **प्रतिनिधि** समझता है। और, (21] सभी सम्प्रदायों के बीच जो देशगत **ऐक्य** है उसे **मुखर** बनाता है। [इसी प्रकार—**विश्वकवि** उसे कहना चाहिए जो दुनिया के हर देश के भीतर जो अनतरराष्ट्रीय तत्त्व है, उसे वाणी दे। विश्वकवि बनने की पहली शर्त यह है कि कवि राष्ट्रकवि हो।] (22] जो राष्ट्र के विभिन्न अवयवों का प्रतिनिधित्व नहीं कर सकता, वह विश्व के विभिन्न देशों का प्रतिनिधित्व कैसे करेगा? और भारत में जो भी राष्ट्रकवि होगा, उसे विश्वकवि ही समझना चाहिए क्योंकि भारत, छोटे पैमाने पर सारा संसार ही है। जैसे प्रत्येक सम्प्रदाय अपनी अभिव्यक्ति के लिए लालायित रहता है, उसी प्रकार देश का प्रत्येक सम्प्रदाय अपनी अभिव्यक्ति खोजता है। **राष्ट्र-पुरुष** और **राष्ट्रकवि बनना** समान रूप से कठिन कार्य है। 'दोनों' के लिए **असीम धैर्य** और **अपरिमित उदारता** की आवश्यकता है।

[**साहित्यमुखी**, दिनकर; पृष्ठ 11-12; मार्च, '68]

[राष्ट्रकवि किसे कहना चाहिए?] अपने देश में और कई अन्य देशों में भी यह प्रथा चल रही है कि **जो भी** कवि राष्ट्रीय कविताएँ लिखता हो, उसे राष्ट्रीय कवि कह देते हैं। किन्तु यह काफी नहीं है। प्रत्येक जाति की आध्यात्मिक विशेषता होती है, कोई सांस्कृतिक वैशिष्ट्य होता है, संसार और जीवन को देखने की कोई दृष्टि होती है, (23] जो कवि इस दृष्टिबोध को **अभिव्यक्ति दे सके** वही राष्ट्र का राष्ट्रकवि कहलाने योग्य है भारतवर्ष में हम मैथिलीशरणजी, माखनलाल चतुर्वेदीजी और सुब्रह्मण्यम भारतीजी को राष्ट्रकवि कहते हैं, किन्तु यह आंशिक सत्य है। (24] हमारे असली राष्ट्रकवि वाल्मीकि हैं, कालिदास हैं, तुलसीदास हैं, और रवीन्द्रनाथ ठाकुर हैं, **क्योंकि**—भारत धर्म को इन्होंने सबसे **अधिक** अभिव्यक्ति दी है।

[**दिनकर की डायरी**; पृष्ठ 210; '73]

●●●